Wiggins et Sherlock contre Napoléon

Souris noire

Collection dirigée par Natalie Beunat

Couverture illustrée par Jacques Ferrandez

ISBN : 978-2-74-850557-3

Béatrice Nicodème

Wiggins et Sherlock contre Napoléon

SYROS

Pour Augustin.

1

Le prince des détectives

Sans me vanter, je peux dire que je n'ai peur de rien. Pas plus de la nuit que des voleurs. Quand on est né à Whitechapel[1], on est habitué à être réveillé à deux ou trois heures du matin par des hurlements d'hommes saouls et à entendre les souris danser la sarabande sous son lit. Pas de quoi en faire un fromage ! De toute façon, si par hasard il m'était arrivé un jour d'avoir peur, quand j'étais vraiment tout petit, pour rien au monde je ne l'aurais

1. Quartier pauvre, à l'est de Londres.

montré, afin de ne pas inquiéter maman. Depuis que mon père est mort dans un naufrage, il y a bien longtemps, je suis l'homme de la famille. Ça vous donne des obligations !

Mais il y a tout de même une chose que je n'aime pas trop. Enfin, une *chose*... est-ce que c'est bien le mot ? Je veux parler des fantômes. Il me semble que, si j'en rencontrais un, j'aurais l'impression de recevoir un coup de poing à l'estomac, comme lorsqu'on se trouve en haut du clocher de Westminster et qu'on regarde en bas, dans la rue.

Alors l'autre nuit, quand j'ai été réveillé en sursaut par une main aussi dure qu'une griffe métallique qui me secouait dans tous les sens, et que j'ai vu, penché au-dessus de moi, un long visage blanc comme la lune, j'ai poussé un cri. Du moins j'ai essayé, mais j'avais beau ouvrir une bouche grande comme un four, aucun son n'en sortait.

Puis le fantôme s'est mis à parler, preuve que ce n'était pas un fantôme, en fin de compte ! D'ailleurs, il avait l'air assez énervé, comme sur le qui-vive. Un fantôme n'aurait sûrement pas eu cet air inquiet !

« Wiggins, a déclaré le faux fantôme, vous avez une minute pour vous réveiller, et deux pour m'écouter. »

Pour ce qui était d'être réveillé, pas de souci ! Quant à écouter ce qu'allait me dire cet homme au visage blafard, il pouvait être tranquille. Car j'avais fini par le reconnaître, et c'était... M. Sherlock Holmes ! Le grand Sherlock Holmes, le détective le plus génial qui ait jamais existé ! D'accord, il a un fichu caractère et des manies de vieux garçon, et puis il se comporte parfois d'une façon très bizarre. Mais il est tellement intelligent ! Lui vivant à Londres, je me demande comment des criminels peuvent encore circuler librement...

De temps en temps, il me fait participer à certaines de ses enquêtes. J'en ai résolu pas mal, des énigmes, toutes plus compliquées les unes que les autres !

Ce jour-là donc, ou plutôt cette nuit-là, il avait une fois de plus un petit travail à me proposer. Alors il était venu me voir, tout simplement, sans se préoccuper de l'heure. Inutile de se demander comment il avait réussi à entrer dans ma chambre : aucune serrure ne résiste à M. Sherlock Holmes. S'il décidait de pénétrer dans la chambre de la reine à Buckingham Palace, je suis sûr qu'il en serait capable.

Je me suis assis dans mon lit et il a allumé la lanterne qu'il avait apportée, puis il s'est décidé à éclairer la mienne (je parle de ma lanterne, bien sûr).

« Désolé de vous avoir réveillé, mais je n'avais pas le choix. Je vais peut-être devoir quitter mon domicile de Baker Street pour une durée indéterminée, et j'ai auparavant une mission à vous confier... Vous savez sans doute que se développe actuellement dans toute l'Europe un mouvement anarchiste qui semble déterminé à détruire notre vieille civilisation. Ici même, à Londres, plusieurs attentats ont été commis, et le gouvernement de Sa Gracieuse Majesté m'a chargé de mettre fin à ces agissements intolérables. Tâche d'autant plus délicate que les anarchistes sont parvenus à se glisser jusque dans les rangs de notre plus ancienne aristocratie. C'est invraisemblable !... J'ai déjà rassemblé un grand nombre d'informations. J'ai notamment repéré un certain prince russe qui a ses entrées dans les milieux dirigeants, mais j'ai besoin d'en savoir beaucoup plus sur ces hommes redoutables. Qui sont-ils exactement ? Où se réunissent-ils ? De quelles complicités disposent-ils au gouvernement ? Voilà qui suppose une surveillance constante, dont je ne peux, bien entendu, me charger seul. J'ai donc pensé à vous, Wiggins, et à vos Irréguliers. »

Les Irréguliers, ce sont mes copains : une bande de garçons de mon âge qui connaissent Londres comme leur poche et à qui M. Sherlock Holmes fait parfois appel... par mon intermédiaire, évidemment, puisque je suis leur chef.

« J'ai déjà pris contact avec les autres, a continué le détective, et j'ai chargé chacun d'entre eux d'une mission particulière. Je suppose que vous ne m'en voudrez pas de ne pas vous en avoir parlé en premier. J'étais pressé par le temps. »

M. Sherlock Holmes a toujours de bonnes excuses pour me faire avaler des couleuvres... De toute façon, si je lui avais dit que j'étais vexé, il se serait glissé hors de ma chambre, plus fantomatique que jamais, et serait allé proposer à quelqu'un d'autre la mission de confiance qu'il me réservait. Donc, je me suis tu pour écouter la suite.

« Je vous ai gardé un morceau de choix, mon cher Wiggins : un homme que je soupçonne de jouer un rôle important dans la hiérarchie de ce groupement, car le prince russe dont je vous parlais tout à l'heure le reçoit fréquemment, à des heures semblant indiquer que leurs relations dépassent largement le cadre de simples mondanités. En sortant de chez son hôte, mon lascar ne cesse de jeter autour de lui des regards inquiets et se précipite sur un petit carnet qui ne le quitte jamais… Pour y noter quoi, je vous le demande, sinon des noms de personnes à contacter et des consignes à transmettre ? Cet individu est d'autant plus redoutable qu'il jouit d'une réputation à toute épreuve : grande famille, excellentes études à Oxford, mère s'occupant de bonnes œuvres, frère couvert de décorations militaires… C'est un des fils du comte Petticoat. Il ne porte pas ce titre de noblesse, car il n'est que le cadet, mais il a tout de même droit à être appelé *l'Honorable Robert Petticoat.* »

Je me suis toujours demandé si M. Sherlock Holmes n'était pas un peu snob. Il a beau s'efforcer d'être aimable avec tout le monde, il ne rate pas une occasion de sortir la tabatière en or que lui a donnée le roi de Bohême, ou la bague que lui a offerte la famille royale de Hollande[2] ! Enfin, passons. Personne n'est parfait, n'est-ce pas ?

En tout cas, pour résumer, il me chargeait de surveiller de près l'Honorable Robert. Je devais noter les endroits qu'il fréquentait et essayer d'écouter ses conversations.

« Inutile de préciser que votre surveillance devra passer totalement inaperçue, a ajouté le détective. Je vous fais confiance pour vous rendre aussi invisible qu'un fantôme ! »

Moi, me transformer en fantôme, c'était la meilleure ! Cette perspective m'amusait plutôt, d'ailleurs. Mais j'avais un peu le trac. Si je décevais le grand Sherlock ?

Je lui ai demandé s'il ne préférait pas se charger lui-même d'une filature si délicate. Alors il a approché son visage du mien. Dans la pénombre, ses yeux étincelaient comme ceux d'un diable. Il a murmuré :

2. Voir *Une affaire d'identité* de sir Arthur Conan Doyle.

« Je ne peux m'occuper de l'Honorable Robert parce que je suis sur la piste du plus grand criminel de tous les temps, à côté duquel les anarchistes qui nous intéressent ne sont que de petits bébés joufflus... Dites-moi, Wiggins, avez-vous entendu parler de Napoléon ? »

Le nom me disait vaguement quelque chose, mais quoi ? J'ai bredouillé :

« Une grande marque de cognac ? »

M. Sherlock Holmes a agité son interminable index.

« Du cognac... *My God*[3] !... Napoléon était un empereur, mon cher Wiggins ! Un des plus grands empereurs qui aient jamais existé, un chef remarquable doté d'une intelligence machiavélique presque égale à la mienne !... Eh bien je vous l'annonce : je suis sur les traces d'un homme qui mériterait le surnom de *Napoléon du Crime* ! Il vit dans notre capitale, tapi comme une

3. Mon Dieu !

araignée au milieu de sa toile. Toute la pègre de Londres tremble devant lui. Il a volé, ruiné, assassiné, mais il est si retors que personne, jamais, n'est arrivé à le prendre en défaut... Or cet homme, mon petit ami, je suis sur le point de le coincer. Ce n'est plus que l'affaire de quelques jours. À partir de maintenant, je vais m'attacher à ses pas comme le poisson-pilote se colle au requin... Vous comprenez pourquoi j'ai besoin de vous pour vous occuper de l'Honorable Robert ! »

Le Prince des Détectives contre l'Empereur du Crime ! Que c'était excitant ! J'aurais rudement aimé me mettre à l'affût avec M. Sherlock Holmes au lieu de suivre ce farfelu de Robert Petticoat ! J'ai balbutié :

« Vous ne croyez pas... »

Trop tard. M. Sherlock Holmes s'était déjà levé comme un ressort et avait éteint sa lanterne. Une seconde plus tard, il avait disparu. Comme un fantôme.

2

Mensonge diplomatique

Tout en courant dans les rues pour vendre mes journaux, le matin suivant, je montais mon plan de bataille, ou plutôt de filature.

Un père comte, une mère dans les bonnes œuvres, un frère militaire... je voyais tout à fait à quoi devait ressembler l'Honorable Robert : il était grand, arborait une splendide moustache blonde (ou rousse), et, lorsqu'il ne se trouvait pas à son club en train de lire la presse du jour, il se promenait dans Hyde Park avec une jolie demoiselle en balançant à bout de bras sa canne à pommeau d'argent. Bien entendu, il foudroyait du regard les galopins dans mon genre qui osaient l'approcher.

Conclusion : si je voulais le suivre comme son ombre, je n'avais pas intérêt à attirer son attention. Et, pour ça, j'allais devoir m'habiller comme si j'étais né à Park Lane[1].

Malheureusement, ce n'était pas avec ma paie de vendeur de journaux que je pourrais m'acheter une redingote et des guêtres. Mais j'avais ma petite idée.

J'étais tellement impatient de la mettre en pratique que, pour me débarrasser au plus vite de ma pile de *Times* et de *Daily Telegraph*[2], j'ai décidé de recourir au vieux truc que j'utilise toujours en cas d'urgence.

J'ai donc sillonné les rues en criant à tue-tête : « Un dangereux assassin évadé de Holloway[3] erre dans la capitale ! » Ça

1. Une des rues les plus chic de Londres.
2. Quotidiens très lus en Angleterre.
3. Prison de Londres.

marche toujours. Aussitôt, tous les messieurs à chapeau haut de forme convergent vers moi, et en quelques minutes je vends dix ou quinze journaux. La seule difficulté, c'est de décamper avant que les hauts-de-forme s'aperçoivent qu'ils se sont fait rouler...

En une demi-heure l'affaire était réglée, et j'ai couru à toute vitesse jusqu'à l'hôtel particulier du comte Brazenduke, où maman est aide-cuisinière. Le matin, je suis sûr de la trouver dans sa cuisine, au sous-sol. Je frappe au carreau et elle m'ouvre la porte de service.

Maman est toujours contente de me voir, bien sûr. Ça lui change un peu les idées. Même si elle est satisfaite de sa place chez les Brazenduke, ce n'est pas rose tous les jours.

« Le plus dur, me répète-t-elle chaque fois qu'on se voit, c'est de ne plus habiter avec mon garçon... » J'essaie alors de lui remonter le moral. Je lui rappelle que la petite chambre de Whitechapel où on vivait ensemble, et où maintenant j'habite seul, était trop petite pour deux. Que chez le comte Brazenduke elle n'a plus à se préoccuper tous les jours de savoir ce qu'elle va manger (et *si* elle va manger). Alors elle me répond d'une voix un peu tremblante :

« Justement ! Pour moi, ça m'est égal, mais comment est-ce que je peux être sûre que *toi*, tu n'es pas en train de mourir de faim ? »

Je la rassure en prétendant que, si c'était le cas, je pourrais toujours aller sonner au 221B Baker Street, pour demander à M. Sherlock Holmes de me prêter quelques shillings.

Bien sûr, c'est un mensonge. Jamais je n'irais quémander quoi que ce soit auprès de M. Sherlock Holmes. Pas plus que je n'avouerais à son ami le docteur Watson, qui est pourtant beaucoup moins intimidant, que je ne suis pas capable de gagner ma vie. Tirer le diable par la queue n'empêche pas d'avoir sa fierté !

En tout cas, je sais que mes visites sont une joie pour maman... même si, lorsqu'elle me voit apparaître à la porte de la cuisine, elle commence toujours par froncer les sourcils.

Cette fois-là encore, elle a soupiré en me voyant dégringoler l'escalier, rouge et essoufflé.

« J'ai l'impression que tu n'es pas venu simplement pour m'embrasser, m'a-t-elle dit d'un ton soupçonneux. Comme d'habitude, d'ailleurs... Chaque fois que tu viens ici, c'est pour me raconter des histoires impossibles. J'ai bien peur que tout ça ne finisse très mal, mon chéri...

– Tout ça quoi ?

– Tes histoires de détective... Tu fréquentes toujours ce M. Holmes ? »

La visite commençait plutôt mal et je me suis un peu énervé. J'ai rappelé à maman que *ce M. Holmes* lui avait trouvé cette place chez les Brazenduke, qu'il avait prouvé son innocence le jour où elle avait été suspectée d'avoir volé la belle bague de la comtesse, et que sans lui je n'aurais sans doute jamais démasqué l'infâme M. Black[4].

« Bon, d'accord, a-t-elle fini par admettre. Alors, qu'est-ce qui t'arrive, cette fois-ci ? Ne m'en veux pas, mon chéri, mais je vais continuer à travailler en t'écoutant. J'ai un *pie*[5] à préparer. »

Tout en l'aidant à hacher la viande, je lui ai raconté que M. Sherlock Holmes m'avait proposé de m'emmener au concert.

« Un concert ? s'est écriée maman. Quelle chance tu as ! Et moi qui dis pis que pendre de ce M. Holmes... Je suppose que tu as accepté son invitation ! »

J'ai alors expliqué à maman qu'on ne peut aller au concert avec un manteau rapiécé et des chaussures qui bâillent.

« Qu'à cela ne tienne, a-t-elle aussitôt répliqué. C'est quand, ton concert ?

4. Voir, du même auteur, *Un rival pour Sherlock Holmes* (Hachette Jeunesse, coll. « Vertige/policier »).
5. Sorte de tourte.

– Le plus tôt possible. »

Elle m'a regardé bouche bée. J'avais répondu sans réfléchir, en pensant que je voulais commencer ma filature *le plus tôt possible.* Mais c'était une drôle de réponse, pour un concert !

« Tu vas attendre ici, a poursuivi maman sans demander de précisions. Je vais guetter le moment propice pour descendre à la cave sans être vue. C'est là que la femme de chambre range les vêtements usagés. Dans les vieilles affaires du fils Brazenduke, je trouverai bien de quoi t'habiller comme un monsieur. Mais attention : tu me rendras tout dès que le concert sera passé ! Je ne veux pas avoir un vol sur la conscience ! »

Lorsque, une heure plus tard, je me suis éloigné de la maison des Brazenduke, je ne me sentais pas très à l'aise dans mes brodequins. Maman, qui considérait comme un vol le fait d'emprunter des vieux vêtements que personne ne portait plus, aurait sûrement été très contrariée d'apprendre que j'avais inventé de toutes pièces cette invitation au concert.

Maintenant, j'étais condamné à ne pas la revoir avant la fin de ma filature, puisque j'avais besoin de garder les habits de Charles Brazenduke. Et puis j'avais un autre souci. Je ne savais pas du tout à quoi ressemblait un concert... Qu'est-ce que je dirais quand maman me demanderait de lui raconter ma soirée ?

Elle avait raison. Une fois de plus, je me trouvais dans une situation impossible à cause de M. Sherlock Holmes. Mais, contrairement à elle, je trouvais ça très excitant !

3

Au pas de course

Je suis tout de suite retourné chez moi pour me changer. J'avais fière allure avec le pantalon moutarde et la redingote gris foncé du fils Brazenduke ! Si seulement j'avais eu assez d'argent pour aller chez le coiffeur, je suis sûr que j'aurais ressemblé à Oscar Wilde[1]...

Aussitôt en tenue, je suis allé me poster à quelques mètres de la demeure des Petticoat, dans Knightsbridge. C'était une grande maison blanche à colonnades, toute

1. Écrivain anglais vivant à Londres à la fin du XIXe siècle. Il était réputé, entre autres, pour son excentricité vestimentaire.

neuve, avec une vue magnifique sur Hyde Park.

Pendant un moment, je me suis imaginé devenu un célèbre détective et habitant dans une maison de ce genre. Je me voyais prenant mon *breakfast*[2] dans une jolie vaisselle de porcelaine. Tout en dégustant mes œufs au bacon, j'étudierais avec soin les petites annonces du *Times,* car c'est bien souvent par une mystérieuse annonce que commencent les enquêtes... Ensuite, j'appellerais un cab[3] et je sillonnerais Londres à la recherche de dangereux criminels. Je les démasquerais et je serais reçu dans les bureaux de Scotland Yard[4], où le directeur me féliciterait chaudement. Après une dure journée, j'irais dîner dans un restaurant élégant puis je rentrerais chez moi, et un valet de chambre empressé m'apporterait ma pipe et ma robe de chambre.

2. Petit déjeuner anglais copieux, généralement composé de thé, d'œufs au bacon et de toasts.
3. Fiacre à deux places.
4. Siège de la police londonienne.

Mais pour l'heure, j'étais planté derrière une boîte aux lettres, pieds et mains gelés, à attendre un dangereux anarchiste qui, s'il s'apercevait que je le surveillais, s'empresserait sûrement de me tendre un piège pour m'éliminer. Ou, pire : l'individu en question avait peut-être attrapé la grippe, il allait rester terré chez lui pendant des jours et des jours, et lorsque M. Sherlock Holmes viendrait me demander des comptes, je serais obligé de lui avouer que j'avais fait chou blanc.

Par chance, l'Honorable Robert était en pleine forme, car tout à coup j'ai vu jaillir de la maison un grand échalas qui s'est éloigné d'une démarche précipitée. Ce ne pouvait être que lui. Il correspondait exactement à la description que m'en avait faite le détective : long comme un jour sans thé, maigre comme un fil à couper le beurre, les cheveux aussi noirs que le plumage d'un corbeau, à part une petite touffe blanche au-dessus de l'oreille droite.

Il n'avait ni canne ni moustache, mais il était tout de même rudement élégant, avec sa redingote noire et son haut-de-forme étincelant. Il portait une orchidée blanche à la boutonnière : un signe de ralliement pour ses complices, bien sûr ! Et il tenait à la main une petite mallette. Des documents secrets, certainement...

Depuis que je travaille pour M. Sherlock Holmes, j'en ai suivi, des gens, mais jamais une filature n'a été aussi épuisante que celle de l'Honorable Robert Petticoat.

Pour commencer, il s'est rendu à Chelsea, le quartier des artistes, où il a sonné à différentes portes. Dans chacune des petites maisons où il a été reçu, il a passé un long moment pendant que j'attendais dehors, accroupi derrière une poubelle ou collé contre un tronc d'arbre... de plus en plus frigorifié.

De là, mon gibier a descendu Oakley Street jusqu'à la Tamise, galopant toujours à toute vitesse. En arrivant devant l'auberge *Adam et Ève*, sur les quais, il s'est arrêté net. J'ai été tellement surpris que j'ai failli me jeter contre lui, et je n'ai eu que le temps de faire un bond de côté pour me couler derrière un amoncellement de vieux cageots.

L'Honorable Robert est resté un bon moment à regarder la Tamise. Dans la brume, les embarcations qui descendaient lentement le fleuve ressemblaient à des bateaux fantômes et, avec un peu d'imagination, les entrepôts sur l'autre rive pouvaient presque passer pour des châteaux en ruine. La Tamise m'a toujours rendu romantique... sauf, bien sûr, le jour où j'ai failli m'y noyer, poussé par un sinistre personnage qui me trouvait trop curieux[5] !

Ce souvenir désagréable m'a fait frissonner, et j'ai légèrement reculé pour me mettre à bonne distance de l'Honorable Robert.

5. Voir *Un rival pour Sherlock Holmes.*

Mais lui n'était sûrement pas venu jusque-là pour admirer le fleuve. Bientôt, il a sorti un petit carnet de sa poche et il s'est mis à écrire. Sans doute notait-il des noms de bateaux ? Ou bien traçait-il un plan en vue d'un futur attentat ? J'aurais payé cher pour risquer un œil par-dessus son épaule !

En griffonnant, il parlait tout seul et, de temps en temps, il se frappait nerveusement le front avec son crayon. Puis, soudain, il a ricané d'une façon sinistre, il a refermé son carnet et, après avoir regardé l'heure et sursauté violemment, il s'est remis en chemin, sans doute pour un nouveau rendez-vous avec un de ses complices.

Cette fois, sa destination était les docks *Victoria and Albert*. Le suivre au milieu des bataillons de dockers de toutes races qui déchargeaient leurs ballots n'a pas été une partie de plaisir, mais ce n'était pas le moment de le perdre de vue. Sa présence à cet endroit prouvait bien qu'il appartenait à un réseau international ! M. Sherlock Holmes m'avait expliqué un jour que Londres était le plus grand port du monde, et que tout le tabac qu'on fumait en Angleterre était emmagasiné dans les docks *Victoria*. Est-ce que l'Honorable Robert faisait de la contrebande ?

Il a longuement zigzagué entre les caisses de thé et d'épices et les ballots de viande gelée. Puis, après avoir longé un entrepôt rempli de tapis multicolores, il a interpellé un docker qui déchargeait des caisses de vin français. Ils ont eu un long conciliabule, après quoi l'Honorable Robert s'est dirigé d'un pas résolu vers un brick[6] dont il a escaladé la passerelle. Je me suis efforcé de retenir le nom du bateau (un drôle de nom étranger avec des *x* et des *z* partout), et, alors que je m'apprêtais à m'élancer à mon tour sur le pont, un coup violent m'a projeté par terre et je me suis évanoui.

6. Petit navire à deux mâts et à voiles carrées.

Lorsque j'ai repris connaissance, un Noir qui devait bien mesurer sept pieds de haut[7] était penché sur moi. J'ai tenté de m'enfuir, mais il m'a retenu d'une poigne énergique. Cette fois, c'était la fin de ma filature. Le Noir était sûrement un complice de l'Honorable Robert...

Puis il s'est mis à parler, et j'ai vite compris que je n'avais rien à craindre. L'armoire à glace avait une petite voix de moineau.

« Oh, p'tit ! a-t-il murmuré. Tu m'as flanqué une de ces frousses ! R'garde c'que t'as pris su'l'dos ! »

En voyant la taille du paquet qu'une grue avait lâché au-dessus de ma tête, j'ai failli retomber dans les pommes. Mais ce n'était pas vraiment le moment : à quelques mètres de moi, j'ai aperçu la silhouette dégingandée de l'Honorable Robert qui filait à la vitesse de l'éclair.

7. Un pied équivaut à peu près à 32,5 centimètres. Le docker noir mesure donc plus de deux mètres !

Je me suis tout à coup senti beaucoup mieux, et j'ai planté là le grand Noir pour repartir à la poursuite de mon anarchiste.

La nuit commençait à tomber, et j'espérais qu'il avait décidé de rentrer chez lui. Mais pas du tout ! J'ai dû le suivre encore d'un théâtre (où je n'ai pas pu entrer car je n'avais pas assez d'argent) à un cabaret, pour terminer dans une arrière-salle de pub[8] où j'ai assisté, tapi contre un mur, à un répugnant combat de coqs.

Il faisait une chaleur atroce, et ça ne sentait pas la rose... Les spectateurs transpiraient à grosses gouttes en buvant du gin à l'eau chaude et en vociférant leurs paris. À un moment, de gros malabars ont poussé un des parieurs dans une espèce d'énorme casier à homards accroché à une poutre, et ils l'ont soulevé à l'aide de poulies. D'après ce que j'ai compris, c'était pour le punir de ne pas avoir assez d'argent pour payer,

8. Sorte de café, en Angleterre.

alors qu'il avait perdu ! Il est resté là, suspendu en l'air au-dessus des coqs qui s'étripaient, jusqu'à la fin du spectacle ! J'avais des sueurs froides pour ce pauvre bonhomme.

L'Honorable, lui, avait l'air de s'amuser comme un fou. Il n'arrêtait pas de discuter avec son voisin, un type rond comme une barrique avec des bras aussi gros que des gigots. Je n'osais pas m'approcher pour écouter ce qu'ils disaient, car la barrique se retournait toutes les trente secondes pour jeter des regards menaçants derrière lui.

Lorsque l'Honorable a fini par se décider à rentrer chez lui, il était trois heures du matin, j'étais en train de m'enrhumer et je n'avais rien avalé depuis mon sandwich du déjeuner.

J'avais noté les neuf adresses auxquelles s'était rendu Petticoat. Je savais qu'il avait longuement discuté avec un docker roux dans une langue inconnue de moi, avec une ouvreuse de théâtre qui le regardait en louchant d'un air terrifié, et avec un policeman (oui, un policeman !) au nez crochu, sans compter la barrique du combat de coqs. J'avais récolté une belle moisson, mais je n'avais pas la moindre idée de ce que M. Sherlock Holmes pourrait en tirer.

Je me demandais surtout pendant combien de temps l'Honorable Robert comptait tenir ce rythme d'enfer. Quant à moi, j'étais sûr de tomber malade d'épuisement avant la fin de ma mission...

4

Le mouchoir de soie

Durant la nuit (du moins le peu qu'il en restait !), mes rêves m'ont entraîné à la chasse au zèbre, un zèbre coiffé d'un haut-de-forme et qui filait à toute vitesse entre des voitures conduites par des coqs.

Tôt le matin, aussitôt avalé un demi-litre de thé, je suis revenu au point de départ, c'est-à-dire devant la belle demeure de l'Honorable.

Dès qu'il est sorti de chez lui, j'ai compris qu'il avait dû bien dormir, lui, car il était encore plus dynamique que la veille. La poursuite infernale a donc repris, cette fois à travers Holborn et la City, puis entre les rayons du marché au poisson, le *Billingsgate Market*, où maman avait vendu des harengs avant de faire la cuisine pour les Brazenduke.

Je ne l'ai pas lâché d'une semelle, et j'ai eu du mérite, car les chaussures étroites de Charles Brazenduke m'avaient donné des ampoules qui éclataient les unes après les autres. À l'heure du déjeuner, heureusement, l'Honorable Robert a eu la bonne idée de s'arrêter dans un pub, où j'ai tout juste eu le temps de grignoter le tiers d'une saucisse avant de ressortir derrière lui en clopinant.

C'est vers quatre heures que les choses se sont vraiment gâtées.

Ça s'est passé dans Oxford Street. J'avais les yeux fixés sur la devanture d'une librairie dans laquelle avait pénétré l'Honorable, quand une main s'est glissée vers moi et, aussi rapide que celle d'un prestidigitateur, a happé mon mouchoir de soie... ou plutôt celui de Charles Brazenduke que j'avais soigneusement disposé dans la poche de ma redingote (c'est-à-dire celle de Charles).

Mon sang n'a fait qu'un tour. Quand je rapporterais à maman les vêtements qu'elle m'avait prêtés, elle s'apercevrait tout de suite que le mouchoir manquait. Elle exigerait certainement que je le remplace, et un mouchoir de soie, ça devait valoir au moins quatre ou cinq shillings. Il fallait que je le récupère coûte que coûte, quitte à abandonner ma filature !

J'ai jeté un coup d'œil circulaire. Le voleur courait vite et il était déjà loin, mais avec sa tignasse rousse, il était facile à repérer. C'était un gamin des rues beaucoup plus petit que moi. Il ne me faisait pas peur ! Je me suis lancé à sa poursuite en jouant des coudes au milieu de la foule, sans me laisser impressionner par les protestations des passants auxquels j'écrasais les pieds.

À l'endroit où Oxford Street croise Baker Street (la rue de M. Sherlock Holmes), le rouquin a traversé le carrefour comme un bolide en se faufilant entre les cabs et, juste au moment où j'allais suivre le même chemin, un omnibus est arrivé à toute vitesse. Le temps qu'il passe, plus de trace des cheveux roux !

Je me suis tout de même dirigé vers Baker Street, et là, miracle : le voleur était affalé sur le trottoir, les quatre fers en l'air ! Un homme bien mis, avec monocle, parapluie à manche d'ivoire et tout le tremblement, se penchait vers lui pour l'aider à se relever. D'après ce que j'ai compris, il l'avait fait tomber par mégarde en lui balançant son parapluie entre les jambes. J'ai dit à l'homme élégant :

« Ne vous inquiétez pas, c'est mon copain, je vais m'en occuper ! »

Le rouquin m'a foudroyé du regard. Bien sûr, il m'avait reconnu ! Mais apparemment il avait trop mal à la cheville pour tenter de me filer entre les doigts.

Je lui ai susurré d'une voix ironique :

« Tu t'es sûrement foulé la cheville ! Il va falloir la bander. Je peux m'en charger, si tu veux. Avec mon mouchoir, par exemple... Ou bien tu préfères peut-être qu'on demande de l'aide à un policeman ?

– Le v'là, ton mouchoir ! a répliqué l'arsouille[1] en me tendant le carré de soie. J'voulais pas t'le voler, juste l'emprunter ! »

Il avait l'air de tellement souffrir que j'ai décidé de passer l'éponge :

« Allez, on n'en parle plus ! D'ailleurs, ce mouchoir, il n'est même pas à moi. Ma redingote non plus, en fait. C'est un déguisement ! »

La curiosité a fait oublier au rouquin sa cheville endolorie et, en s'appuyant sur moi, il s'est mis à claudiquer sans plus chercher à s'enfuir.

Il n'avait pas l'air bien méchant, d'ailleurs. Il avait même une figure vraiment rigolote, avec ses taches de rousseur

1. Voyou.

et ses joues rebondies comme des pommes de reinette.

Bras dessus, bras dessous, nous avons marché jusqu'à une rue déserte où nous avons pu nous asseoir au bord du trottoir. Maintenant qu'il avait compris que j'étais un peu comme lui, un gamin pauvre prêt à prendre des risques incroyables pour gagner quelques malheureux shillings, le rouquin ne voulait plus me lâcher. Il était tellement bavard que je ne pouvais pas en placer une !

« J'm'appelle Allan et j'suis irlandais, m'a-t-il raconté. Dans mon pays, y'a pas d'quoi manger. Surtout pour un gosse qu'a plus ses parents. Alors, un jour, je m'suis caché dans la cale d'un bateau. On m'avait dit qu'en Angleterre, on pouvait s'débrouiller. Tu parles ! »

Allan avait raison. Pour « se débrouiller » en Angleterre quand on est pauvre, il faut pouvoir tenir plusieurs jours l'estomac vide et n'avoir peur de rien. Et encore !

« Finalement, a continué Allan, après avoir passé une semaine à Liverpool sans presqu'rien manger, j'suis tombé sur une bande. Enfin, c'est plutôt la bande qui m'est tombée d'sus. C'étaient des pickpockets. Ils avaient besoin de gars comme moi, dégourdis et sans famille. C'est pas qu'je sois voleur, mais tu sais, quand on a faim... »

Pauvre Allan ! Mon père est mort depuis longtemps, mais lorsque j'étais petit, maman était toujours là pour me consoler avec des chansons quand j'avais trop faim. D'ailleurs elle travaillait tellement qu'on s'en était toujours à peu près sortis (sauf un certain hiver où on avait dû brûler nos deux chaises pour se réchauffer, et où on avait mangé des oignons au vinaigre pendant quinze jours). Et puis j'ai eu aussi la chance de rencontrer M. Sherlock Holmes, et il me paie largement pour les services que je lui rends... En écoutant Allan me raconter sa vie, je me suis dit que je l'avais peut-être échappé belle. Sans maman et sans M. Sherlock Holmes, je me serais sûrement mis à voler, moi aussi...

J'ai demandé :

« C'est la bande qui t'a amené à Londres ?

– Oui, mais pas tout d'suite. On a beaucoup voyagé. On est allés dans l'Nord, tout là-haut dans le Yorkshire. Puis, au printemps dernier, on est r'descendus. On pensait qu'dans une ville aussi grande que Londres, on passerait plus facilement inaperçus. L'ennui, c'est qu'ici, y'a beaucoup trop de policemen... Je m'suis déjà fait pincer deux fois. Alors le chef se méfie. Il a peur que, la prochaine fois, je l'dénonce pour m'faire bien voir ! Pour lui prouver qu'y peut m'faire confiance, j'suis obligé d'voler d'plus en plus, au point que j'finis par avoir honte de moi ! Tu t'rends compte ! Un jour, j'ai suivi une dame jusque dans une église pour lui prendre son épingle à chapeau. Et v'là qu'maint'nant, j'en suis à voler des mouchoirs à des garçons d'mon âge... »

J'ai essayé de lui remonter le moral. Mais c'était peine perdue. Il était complètement découragé.

« Dans la vie, a-t-il soupiré, quand on est mal parti, on peut plus s'rattraper ! J'vais finir mes jours en prison et p't-être même au bout d'une corde... »

Alors, tout à coup, j'ai eu une idée. J'ai proposé à mon nouveau copain :

« Tu sais, moi, j'ai pour ainsi dire deux métiers. Le matin, quand je peux, je vends des journaux. Et le reste du temps, je travaille pour un détective. Je l'aide dans ses enquêtes, et quand je découvre des indices, il me donne de l'argent. C'est un type un peu spécial, mais il est drôlement généreux. (Allan m'a jeté un regard tellement admiratif que je suis devenu écarlate.) Tu pourrais laisser tomber ta bande. On se partagerait la vente des journaux, tu m'aiderais à enquêter, tu gagnerais un peu de sous et tu n'aurais plus besoin de chaparder !

– Moi, travailler pour un détective ! a répliqué Allan en éclatant de rire. C'est la meilleure ! Moi, un voleur ! (Et puis, soudain, il s'est renfrogné.) Impossible. Faut bien que j'vive quelque part. Avec la bande, au moins, j'ai un toit. On dort dans un vieux panier à salade abandonné. Il est plein d'cloportes et d'puces, mais c'est quand même un abri... Remarque... on n'y dort que quand on a rapporté assez d'marchandise. Sinon, le chef nous envoie balader et on est bons pour traîner toute la nuit dehors...

– Tu n'as qu'à venir chez moi ! J'ai une chambre minuscule, mais on a bien réussi à y vivre à deux, avant que maman soit embauchée dans les quartiers chic... J'ai même une meilleure idée : en ce moment, le copain qui habite au-dessus est parti dans sa famille en Écosse. J'ai sa clé. Tu pourras dormir chez lui jusqu'à son retour. Après, on verra... »

Allan a poussé les hauts cris.

« Un Écossais ! Moi, un Irlandais, dormir dans la chambre d'un Écossais ? Pas question ! »

Il a bien fallu un quart d'heure de discussion pour persuader Allan que, même s'il n'aimait pas les Écossais, dormir chez l'un d'eux serait toujours moins honteux que de voler les honnêtes gens. Finalement, il a accepté.

« Tope là ! m'a-t-il dit en me tendant la main. Alors, maintenant, raconte. C'est quoi, ton enquête ? »

J'ai bondi. L'Honorable Robert ! Depuis le temps que je discutais avec Allan, il avait sûrement quitté la librairie ! Il n'y avait plus aucune chance de le retrouver dans les rues de Londres. Je n'avais plus qu'à attendre le lendemain pour reprendre ma filature.

J'ai donc emmené Allan jusque chez moi et je l'ai installé dans la chambre de Ken. Curieusement, j'avais confiance en mon nouveau copain. Et puis, de toute façon, il n'y avait rien à voler chez Ken, pas plus que chez moi.

5

À la *National Gallery*

Le lendemain matin, lorsque je suis monté voir si Allan avait bien dormi, la chambre était vide. L'Irlandais avait disparu !

Un peu démoralisé, je me suis assis sur le lit de Ken. Avec les Irréguliers, je passais de bons moments, bien sûr, mais je n'avais jamais discuté avec eux comme avec Allan. Qu'est-ce qu'il avait donc de si spécial, cet Irlandais ? La veille, je ne le connaissais pas encore, et maintenant qu'il était parti j'avais presque l'impression d'avoir perdu un frère...

Heureusement, je ne suis pas du genre à me lamenter très longtemps. J'ai pensé que M. Sherlock Holmes comptait sur moi et qu'il n'était pas question de le décevoir : je devais repartir tout de suite à la chasse à l'Honorable !

J'allais juste quitter la chambre de Ken quand j'ai entendu des pas dans l'escalier, et j'ai vu apparaître Allan ! Il était tellement bien habillé que je l'ai à peine reconnu.

« Je m'suis dit que j'pouvais pas filer ton Robert avec mes vieilles frusques... Alors j'ai couru jusqu'au panier à salade. C'était risqué, mais l'matin, en général, y'a personne. J'ai fouillé dans la malle des vêtements volés, et voilà ! J'suis ton homme ! »

Sacré Allan ! Je n'ai pas osé lui faire remarquer que sa vieille besace n'était pas très bien assortie à sa redingote...

Avec son aide, tout est devenu plus facile. J'ai même pu reprendre la vente des journaux, ce qui était plutôt bien pour mon porte-monnaie. Pour *notre* porte-monnaie, plus exactement, puisque j'avais proposé qu'on fasse bourse commune.

Le matin, pendant que je vendais les journaux, Allan se chargeait de l'Honorable. Je pouvais lui faire confiance : grâce à son expérience de pickpocket, il avait de vrais yeux de lynx !

En fin de matinée, j'allais me poster devant la maison de Petticoat, et j'y retrouvais presque toujours Allan au moment où sir Robert rentrait chez lui pour déjeuner. Avec mon copain, l'après-midi filait comme l'éclair. Il voyait tout ce qui se passait autour de nous, entendait tous les commérages, et ses commentaires sur la foule londonienne me faisaient tordre de rire.

De temps en temps, il me pinçait le bras et disparaissait sous une porte cochère. Je savais ce que ça voulait dire : il avait aperçu un des gars de la bande, ou même son chef, un horrible bonhomme à cheveux blancs qui ne devait pas s'être lavé depuis trois mois. Alors je continuais à marcher en regardant droit devant moi, et Allan me rejoignait bientôt, sifflotant pour se donner l'air dégagé, mais tout de même un peu pâle.

Quant à Robert Petticoat, il était toujours aussi agité. Avec ou sans mallette, avec ou sans orchidée à la boutonnière, il courait d'un bout à l'autre de la ville, se parlait à lui-même, consultait sa montre à chaque instant, lisait le journal à haute voix en traversant les rues, et rencontrait toutes sortes de personnes qu'il quittait souvent brusquement, parfois après une violente altercation.

Au bout d'une semaine de filature, Allan et moi étions sur les rotules... mais on était aussi très excités. On avait découvert que sir Robert se rendait parfois dans une maison de Whitechapel dont il ressortait, au bout d'un long moment, déguisé en marin, en clergyman[1] ou en mendiant.

M. Sherlock Holmes avait mis dans le mille : Petticoat était un individu tout ce qu'il y avait de louche !

« Si seul'ment on pouvait l'surprendre en train d'se glisser dans Buckingham Palace[2], une bombe à la main ! » se lamentait Allan qui commençait à en avoir assez de courir toute la journée comme un lapin.

Je lui répondais qu'une des principales qualités d'un bon détective est la patience.

« Qu'est-c'que tu penses donc encore découvrir ? » insistait Allan.

Il n'avait pas tout à fait tort. Nous connaissions parfaitement les habitudes de Robert Petticoat, nous savions à quelle heure il se levait et quelle marque de whisky il buvait. Il nous arrivait même de deviner à l'avance ce qu'il allait faire pendant l'heure suivante.

1. Prêtre de l'Église anglicane.
2. Palais où demeure la reine.

Un matin où il faisait particulièrement froid, j'ai lancé à Allan :

« Je te parie une saucisse qu'il va mettre son manteau bordé d'astrakan.

– Pas du tout ! a répliqué mon copain. Il aura l'autre, le grenat qui lui tombe presque jusqu'aux pieds. »

Mais lorsque l'Honorable Robert s'est risqué hors de chez lui, son long nez était enfoui dans le col d'astrakan qu'il avait relevé pour se tenir chaud. Vexé, Allan a haussé les épaules.

« J'en ai par-dessus la tête, de cette enquête ! Y s'rait temps d'aller faire not' rapport à ton Sherlock, pour qu'il nous paie ! Tu sais quoi, Wiggins ? Si on n'y va pas tout d'suite, j'abandonne ! »

Moi, je préférais attendre encore un peu avant d'aller trouver le grand détective. Jusqu'à présent, j'avais toujours réussi à le surprendre par des découvertes fracassantes, et là, qu'est-ce que j'avais ? Tout juste quelques adresses...

D'un autre côté, l'idée de me retrouver à nouveau seul ne me disait rien du tout. Il était râleur, Allan, mais je l'aimais bien. Je n'avais pas envie qu'il parte retrouver sa sinistre bande, qui lui ferait certainement payer très cher sa désertion. Alors, la mort dans l'âme, je lui ai promis que nous irions le soir même au 221B Baker Street. Dès que Robert Petticoat aurait fini de visiter la National Gallery.

Cet après-midi-là, en effet, l'Honorable avait décidé d'aller au musée. Ce type était vraiment astucieux ! Il n'y a pas de meilleur endroit pour rencontrer des complices sans attirer l'attention.

Seulement la patience d'Allan avait des limites. Après m'avoir suivi en traînant les pieds dans la salle de l'école flamande, dans celle de l'école hollandaise et dans celle de l'école espagnole, il est subitement devenu tout rouge et il a éclaté (à voix basse, tout de même, pour ne pas attirer l'attention) :

« Tu vois bien qu'il est v'nu qu'pour les peintures ! Moi, les vieilles croûtes, ça m'donne des boutons. J'vais t'attendre dans le hall d'entrée. Et ensuite, direction Baker Street ! »

Bien entendu, sir Robert n'a pas laissé un seul tableau de côté. Il déambulait tranquillement, pour une fois. Et sans jamais parler à personne. J'étais tenté d'abandonner et d'aller rejoindre Allan. Mais peut-être que Robert Petticoat attendait un complice qui était en retard ? Peut-être qu'il guettait l'arrivée du fameux prince russe dont m'avait parlé M. Sherlock Holmes, tout en admirant les bouquets de fleurs décolorées et les portraits de vieux barbus qui couvraient les murs ?

Je l'ai donc suivi à pas de loup, jusqu'au moment où un gardien s'est avancé vers lui en annonçant : « Sir, c'est l'heure de la fermeture. »

J'ai alors réalisé qu'il n'y avait plus dans tout le musée que le grand Robert et moi-même, qui tournais autour d'un pilier pour ne pas me faire repérer.

J'ai donc suivi sir Robert qui suivait le gardien et, tous les trois l'un derrière l'autre, on s'est dirigés vers la sortie.

Allan m'attendait devant la porte, l'œil furibond. Sans rien dire, il m'a poussé vers la rue, et nous avons marché très vite en direction de Baker Street.

Malheureusement pour mon ami, aucune lumière ne brillait derrière les fenêtres du 221B.

Malheureusement pour moi aussi : car Allan a été d'une humeur de chien toute la soirée.

6

Troublante coïncidence

Allan était toujours aussi mal luné, le lendemain matin, quand je suis monté le retrouver dans la chambre de Ken.

« Aujourd'hui, je m'repose ! a-t-il décrété. C'est pas que j'sois fatigué, mais j'ai peur qu'la bande m'ait r'péré. Vaut mieux que j'reste ici un ou deux jours... Ça t'ennuie pas, Wiggins ? D'toute façon, t'as pas besoin d'moi pour aller faire le rapport à ton Sherlock. »

Bien sûr, que je pouvais y aller seul. C'était même sûrement beaucoup mieux, parce que, avec Allan, il fallait s'attendre à tout, et je ne pensais pas que M. Sherlock Holmes apprécierait beaucoup l'insolence de mon copain ! Quand Ken me disait que les Irlandais avaient un caractère impossible, colérique et susceptible, il avait bien raison ! Mais Allan pouvait toujours râler, j'avais décidé de le remettre dans le droit chemin, et il n'était pas question de le laisser retomber sous la coupe de la bande.

Lorsque je suis arrivé à Baker Street, le détective était absent. Dans la cheminée brûlait un feu qui sentait drôlement bon, et le docteur Watson écrivait tranquillement. Comme toujours, il m'a accueilli en souriant derrière sa moustache.

« Ah, Wiggins ! Vous êtes bien élégant, aujourd'hui ! Vous venez voir notre grand homme, bien sûr... Malheureusement, il est parti de très bonne heure ce matin. À vrai dire, d'ailleurs, il ne s'est même pas couché. Il a fumé toute la nuit en ingurgitant le contenu de deux cafetières, et il m'a réveillé à l'aube en m'annonçant que le fruit était presque mûr et qu'il devait s'absenter pour une durée indéterminée. Cela signifie qu'il est sur la bonne piste. Vous le connaissez comme moi : il ne reviendra pas ici avant d'avoir mis la main sur l'homme qu'il cherche... Par chance, j'ai réussi à lui soutirer l'adresse où l'on pourrait le trouver en cas d'urgence. Dites-moi tout, mon petit Wiggins, et je lui transmettrai votre rapport. »

Je me suis donc mis à raconter ce que j'avais découvert sur l'Honorable Robert Petticoat. J'ai bien vu que le docteur Watson était complètement ébahi par la façon dont j'avais mené mon enquête. Quand je lui ai tendu le petit carnet sur lequel j'avais noté les adresses auxquelles s'était rendu l'Honorable, il a extirpé de sous une pile de classeurs un plan de Londres. Puis il est allé chercher un flacon d'encre rouge, et avec son porte-plume il a tracé des croix un peu partout.

« Voilà ! a-t-il lancé au bout d'un moment en repliant avec soin le plan qui était maintenant couvert de croix rouges. C'est tout à fait remarquable ! Sherlock sera certainement très satisfait de ces premiers résultats. Quand pensez-vous revenir me faire part de la suite de vos observations ? »

En bredouillant, j'ai essayé d'expliquer au docteur Watson que j'étais un peu découragé. Ça ne servait pas à grand-chose de courir tout le temps derrière sir Robert, si on n'interrogeait pas les gens qu'il rencontrait. Et puis j'ai ajouté, en espérant que le docteur comprendrait le message :

« En plus, c'est justement dans les endroits les plus intéressants que je ne peux pas le suivre, parce que je n'ai pas de quoi payer. Au restaurant, au théâtre, au concert... C'est là qu'il parvient le plus facilement à discuter avec ses complices. Si j'arrivais à me glisser derrière lui et à entendre ce qu'ils disent...

– Hum hum, a marmonné le docteur Watson. Si j'ai bien compris, il vous faudrait une petite avance ! C'est bien normal, après tout. Voyons, Wiggins, mettons-nous d'accord : si vous continuez à filer sir Robert Petticoat, je vous donne cinq shillings pour vos faux frais. »

Des *faux frais* ! La façon de parler des gens de la haute m'a toujours étonné. Comme si on payait les notes de restaurant avec des faux billets !

En tout cas, cinq shillings, c'était une somme ! J'ai remercié le docteur et je lui ai promis de poursuivre mon enquête. J'étais bien décidé à convaincre Allan de continuer à m'aider.

Le docteur Watson m'a regardé d'un air pensif, puis il m'a dit en se grattant la moustache :

« Moi aussi, autrefois, j'ai eu des problèmes d'argent, c'est pourquoi je vous comprends si bien, mon petit Wiggins. Quand j'étais un tout jeune médecin, je passais des journées entières à attendre que les malades veuillent bien sonner à ma porte ! Finalement, pour m'occuper, je me suis mis à raconter les aventures que je vivais avec mon ami Sherlock Holmes. Elles ont eu tellement de succès que, maintenant, les malades viennent en foule se faire soigner par le célèbre docteur Watson ! Formidable, non ? »

J'ai souri un peu jaune. C'était formidable pour lui, bien sûr. Mais moi, l'écriture n'était pas mon fort, je n'y connaissais rien en médecine, et en plus je n'étais même pas un très bon détective. Je n'avais aucune chance de devenir célèbre.

Le docteur Watson a dû se rendre compte que j'étais un peu abattu, car, en me raccompagnant à la porte, il a déclaré :

« Quand, à votre tour, vous serez un grand détective, vous aurez peut-être, vous aussi, un ami qui racontera vos aventures, et tous les deux vous deviendrez célèbres ! »

J'ai soupiré... Avoir des amis n'est pas si facile. Et mes amis à moi n'étaient ni médecins ni écrivains !

Je ne sais pas pourquoi j'étais si mélancolique, ce matin-là. Tout à coup, j'avais besoin qu'une grande personne me remonte le moral. Je suis retourné m'asseoir et je me suis mis à parler au docteur Watson d'un tas de choses, de ma vie à Whitechapel et de mes projets d'avenir. Je lui ai même parlé d'Allan, de la façon dont je l'avais rencontré et de la décision que j'avais prise de l'aider. À la fin, c'est tout juste si le docteur et moi n'avions pas la larme à l'œil !

C'est drôle comme il suffit parfois de parler pour se sentir beaucoup mieux. Ma mélancolie s'était presque envolée. J'ai jeté un coup d'œil sur la pendule et je me suis levé en m'écriant :

« Excusez-moi, mais il faut vraiment que je rentre ! Je suis resté beaucoup trop longtemps... Et si Allan profitait de mon absence pour retourner voir sa bande ? »

Le docteur Watson m'a rassuré autant qu'il a pu, et j'ai couru sans m'arrêter de Baker Street à Whitechapel, ce qui fait tout de même presque quatre *miles*[1].

Juste avant d'arriver chez moi, j'ai rencontré mon copain Simpson, un des Irréguliers.

« Tu connais la nouvelle ? m'a-t-il demandé après avoir longuement tâté ma redingote en sifflant d'admiration. On a volé un tableau, à la National Gallery ! *Le Cardinal de Richelieu*, il s'appelle. Il paraît qu'il vaut une fortune !... Ça s'est passé pendant la nuit. Au début, on n'y a vu que du feu, parce que le voleur avait remplacé l'original par une copie. Seulement il ne devait pas être très doué en

1. 1 mile équivaut à 1 609 mètres.

peinture, et un visiteur s'en est aperçu ! Tu te rends compte ? On pense que le type est resté caché dans le musée hier soir après la fermeture, et qu'il est tout bonnement ressorti ce matin, au milieu des visiteurs, avec la toile roulée sous son manteau ! Scotland Yard est sur les dents... Le directeur du musée offre cinquante livres à qui retrouvera le tableau ! »

Simpson était tout excité par cette histoire, mais je l'étais encore plus que lui : car la veille, Allan et moi, nous nous trouvions à la National Gallery ! Pendant que je suivais Petticoat, Allan avait peut-être remarqué quelque chose de louche. Cinquante livres, même divisées par deux, ça faisait rêver !

J'avais hâte, maintenant, de retrouver mon copain. Et je mourais de peur qu'il n'ait perdu patience et ne soit parti rejoindre sa bande.

J'ai planté là Simpson en lui disant à peine au revoir, et j'ai couru jusqu'à la maison. Sans même passer chez moi, j'ai grimpé l'escalier jusqu'à la chambre de Ken.

Allan s'y trouvait. C'est tout juste s'il ne m'a pas sauté au cou quand il m'a vu arriver !

« Qu'est-c'que tu fabriquais ? s'est-il écrié. J'm'inquiétais ! Tu m'laisseras pas tomber, hein, Wiggins ? Ça fait tellement longtemps que j'ai pas eu d'ami... de vrai ami, j'veux dire ! »

J'étais tellement ému que j'ai préféré changer de sujet. Par chance, j'en avais un tout trouvé : l'histoire du tableau volé.

7

Rêves de richesse

Allan a eu la réaction que j'attendais :

« Faut absolument r'trouver c'tableau ! Tu t'rends compte ? Cinquante livres, ça fait vingt-cinq pour toi et autant pour moi ! Avec ça, on peut vivre pendant des années ! »

Mon ami exagérait peut-être un peu, mais tout de même, cinquante livres ! Tout à coup, j'ai eu une idée :

« Et si le voleur était Robert Petticoat ? Il n'a pas vraiment l'air d'avoir besoin de voler pour vivre, mais elles doivent quand même lui revenir cher, ses activités d'anarchiste ! Fabriquer des bombes, voyager à l'étranger pour rencontrer des collègues, peut-être même payer des gens du gouvernement pour leur soutirer des renseignements... Tu ne trouves pas bizarre qu'il ait passé l'après-midi à la National Gallery juste avant le vol ? »

Allan ne semblait pas de mon avis.

« D'accord, c'est une drôle de coïncidence, mais j'te signale qu'on l'a suivi pendant toute sa visite ! Toi, en tout cas... S'il avait remplacé l'tableau par un faux, tu t'en s'rais sûrement aperçu ! J'pense que la police voit juste : l'voleur s'est caché pour passer la nuit au musée. Ça lui laissait l'temps d'faire l'échange et d'ressortir c'matin, ni vu ni connu. »

Il avait raison. À moins d'être magicien, l'Honorable Petticoat n'aurait jamais pu voler le tableau sans que je m'en rende compte.

Sans rien dire, j'ai mis de l'eau à bouillir pour nous préparer du thé. J'ai rempli les tasses et on a bu tous les deux, chacun plongé dans ses pensées. Allan me regardait en coin, comme s'il avait une idée derrière la tête, mais il restait muet.

Une fois mon thé avalé, j'ai décrété :

« De toute façon, je n'ai pas le temps de partir à la recherche du tableau. Le docteur Watson m'a donné cinq shillings pour que je continue à suivre Petticoat. Reste ici si tu veux. Moi, j'y vais !

J'avais déjà ouvert la porte quand Allan m'a attrapé par le col de ma redingote.

« Attends un peu ! J'viens de m'rappeler quèq'chose ! Hier, quand j't'attendais à la porte du musée, j'ai vu un type bizarre. J'l'ai r'marqué parce qu'il ressemblait vaguement au chef de ma bande : grand et mince, pas tout jeune, les ch'veux blancs... Sauf que lui, j'veux dire ce type, pas l'chef !, il était bien habillé. Et puis il avait une drôle d'allure : il se tenait la tête en avant et il la balançait sans arrêt, un peu comme une tortue qui cherche un morceau d'salade. Tu vois c'que j'veux dire ? »

Je voyais tout à fait. Mais si tous les individus qui avaient un cou de tortue ou un nez d'aigle ou des dents de lapin ou encore un caractère de chien, si tous ces gens-là étaient des voleurs, les prisons d'Angleterre seraient pleines !

Je l'ai dit à Allan, mais ma plaisanterie n'a pas eu l'air de l'amuser. Il a haussé les épaules.

« Tu m'laisses même pas finir ! L'important, dans l'histoire, c'est pas l'cou d'tortue... Ce qu'il y a d'bizarre, c'est qu'ce type est pas r'parti ! »

Notre conversation devenait drôlement intéressante.

« Tu veux dire qu'il est resté dans le musée après la fermeture ?

– C'est exactement c'que j'veux dire ! En t'attendant, j'ai continué à surveiller les allées et venues, des fois qu'Robert s'rait sorti sans qu'tu t'en aperçoives. Finalement, l'gardien, Robert et toi, vous êtes arrivés à la queue leu leu, et l'gardien a fermé les portes... sans qu'j'aie r'vu la tortue ! »

Pour un peu, j'aurais embrassé Allan ! Il avait repéré le voleur, évidemment ! Je commençais déjà à rêver à tout ce que je pourrais acheter avec mes vingt-cinq livres, quand j'ai réalisé tout à coup qu'on n'avait pratiquement aucune raison d'en voir un jour la couleur. J'ai demandé à mon ami :

« Et alors ? On est bien avancés ! Comment veux-tu qu'on retrouve ta tortue ? On ne connaît ni son nom ni son adresse ! »

Allan m'a regardé d'un air malheureux, puis il est allé se poster devant la fenêtre en se grattant la tête. Quant à moi, j'ai ouvert la porte, bien décidé à reprendre ma filature.

J'étais déjà dans le couloir quand Allan a hurlé :

« Wiggins ! Reviens ! J'ai p't-être un moyen ! »

Ce moyen, il a bien fallu dix minutes à mon ami pour me l'expliquer. Et quand il a eu fini de bredouiller, j'ai compris pourquoi il avait mis si longtemps à se décider. Il n'était pas très fier de lui !

Voici ce qui s'était passé. Lorsque Allan avait remarqué l'homme au cou de tortue, il l'avait détaillé de la tête aux pieds, comme il avait si bien appris à le faire avec la bande. Il avait tout de suite remarqué sa magnifique montre en or, une montre qui avait sûrement une grande valeur. Mais comme il m'avait promis de ne plus jamais rien voler, il avait essayé de ne plus y penser.

Puis il avait réfléchi. Qu'est-ce qu'il deviendrait le jour où Ken reviendrait d'Écosse ? Comme il ne voulait pas m'encombrer en s'installant chez moi, il serait obligé de retourner dans la rue et, au bout de quelques nuits passées dans une impasse au milieu des rats et dans les courants d'air, sa seule ressource serait d'aller retrouver la bande.

« Tandis qu'si j'volais cette montre, m'a-t-il expliqué, ça m'laissait l'temps d'trouver du travail pour mener une vie honnête. Tu comprends, Wiggins ? J'me suis juré qu'ça s'rait mon dernier vol. Et si j'finissais par trouver du boulot, j'pouvais toujours aller récupérer la montre chez l'receleur et la rapporter à son propriétaire... »

Ça, j'en doutais un peu ! Mais je comprenais quand même le raisonnement d'Allan. Seulement je me demandais aussi s'il n'allait pas, le lendemain, apercevoir une bague encore plus tentante que la montre. Après quoi il se dirait peut-être qu'un petit cambriolage, juste un, le dernier, arrangerait bien ses affaires...

En repoussant bien loin toutes ces pensées, j'ai avalé ma salive un grand coup et j'ai posé la question qui me brûlait les lèvres :

« Alors, cette montre, tu l'as ? »

Allan l'a aussitôt sortie de sa besace.

C'était une énorme montre de gousset dont le dos était ciselé. Mon ami avait l'œil :

s'il arrivait à la vendre sans se faire prendre, il aurait de quoi manger de la viande tous les jours pendant plusieurs semaines.

« Et maint'nant, a ajouté Allan, regarde ! »

D'un claquement sec, il a ouvert la montre. Sous le petit trou dans lequel on devait enfoncer la clé pour la remonter, un nom était gravé. On a crié tous les deux ensemble :

« MORIARTY ! C'est le nom du voleur ! »

Et on s'est mis à danser de joie.

Au bout d'un petit moment, ça a été plus fort que moi. D'une voix sombre, j'ai dit à Allan :

« Enfin, Moriarty, c'est le nom *d'un des voleurs*. Parce que hier soir, à la National Gallery, il y avait *deux* voleurs : un voleur de tableau et un voleur de montre !

– C'est la dernière fois, j'te l'jure ! » a promis mon ami en levant les mains.

J'ai décidé de le croire. Quand on a un ami, il faut lui faire confiance. Et puis personne n'est parfait : il m'arrive bien, à moi, de mentir à maman...

8

Allan prend des risques

J'ai proposé à Allan de m'occuper de Petticoat pendant qu'il se mettrait en quête du fameux Moriarty.

Comme toujours, il a commencé par rouspéter.

« Et comment j'vais l'trouver, ton Moriarty ? »

Il ne manquait vraiment pas de culot ! Je lui ai fait remarquer que ce n'était pas *mon* Moriarty, mais le sien, puisque c'était lui qui avait « hérité » de sa montre ! Et il ne devait pas être très difficile de mettre la main sur cet individu.

« Si c'est lui qui a volé le tableau, il s'intéresse forcément à l'art. Et un type qui possède une aussi belle montre doit rouler sur l'or et faire partie des gens de la haute. Donc il doit être membre d'un club fréquenté par les amateurs d'art.

– Un club ? Qu'est-c'que c'est qu'ça ?

– On voit bien que tu n'es pas d'ici ! Un club, c'est un endroit où les hommes vont boire du sherry ou du porto en discutant de politique, de sport... ou d'art ! Des clubs pour les artistes, il n'y en a pas plus de quatre ou cinq à Londres. Renseigne-toi aux bureaux du *Times*. Ensuite, tu n'auras qu'à te présenter à tous les clubs en prétendant avoir un message très urgent à remettre à M. Moriarty. Avec un peu de chance, tu finiras bien par...

– Ça va, j'ai compris ! » m'a interrompu Allan, un peu vexé de n'avoir pas eu cette idée avant moi, puis il est parti en me souhaitant bonne chance.

Pour Petticoat, ça s'est passé exactement comme les autres jours : la course à travers Londres avec des arrêts dans les endroits les plus invraisemblables. Ou l'Honorable était complètement fou, ou c'était vraiment un anarchiste acharné.

Quant à Allan, je ne l'ai pas revu de la soirée. Toute la nuit, j'ai guetté les pas dans l'escalier. De temps en temps, je croyais entendre le plancher craquer au-dessus de moi, et j'essayais de me persuader que mon ami était enfin rentré. Mais ces craquements, je les reconnaissais : c'étaient des souris en balade, à la recherche d'une miette de cheddar.

J'étais frigorifié et, vers minuit, il s'est mis à neiger. Je suis allé à la fenêtre pour regarder les flocons tournoyer et la rue devenir toute blanche... en restant toujours aussi désespérément vide. Au matin, quand je me suis levé, mon estomac faisait des nœuds : Allan n'était toujours pas rentré.

Moriarty l'avait sûrement assassiné. Ou bien la bande l'avait retrouvé et il était en train de passer un sale quart d'heure...

Mais un détective ne doit jamais se décourager. Je m'apprêtais donc à aller glisser un mot sous la porte de Ken pour prévenir Allan (s'il était encore vivant) que je repartais chez Petticoat, lorsque des pas précipités ont résonné dans l'escalier, et j'ai vu arriver mon ami, des toiles d'araignées plein les cheveux et l'air excité comme tout. Il ne m'a même pas laissé le temps de lui dire bonjour. Il s'est jeté sur mon lit et s'est mis à raconter à toute vitesse son aventure de la nuit.

« Grâce à toi, j'ai pas eu trop d'mal à r'trouver Moriarty. Il fait partie de l'*Arts Club*. En jouant ma p'tite comédie au portier, j'ai réussi à obtenir son adresse. C'est à Hampstead, en pleine campagne. Une bicoque sinistre au milieu d'un grand jardin. Il faisait un de ces froids, dans l'coin ! En plus, il s'est mis à neiger ! Alors, au bout d'un moment, j'ai décidé d'me mettre à l'abri chez la tortue ! Dans ces grandes baraques, y'a toujours moyen d'trouver un soupirail ou une fenêtre mal fermée... J'me suis donc glissé par-derrière. Y faisait meilleur que dehors ! Et je m'suis dit : *Maintenant qu't'es dans la place, Allan, tu f'rais aussi bien d'chercher l'tableau.* Et au travail ! Y avait pas un bruit, dans la maison, la tortue devait être sortie d'sa carapace. Mais quand même, j'étais pas rassuré... Elle pouvait aussi bien être en train d'dormir à l'aut'bout d'la maison, et m'tomber sur l'poil sans prévenir ! Y m'a bien fallu une heure pour trouver l'tableau : la tortue l'avait désossé, j'veux dire qu'il avait r'tiré la toile du cadre, et il l'avait roulée ! Elle était cachée derrière une brique descellée d'une cheminée. Habile, la tortue ! Mais moi aussi, j'suis habile... J'étais sur l'point de r'partir par le même chemin, quand mes ch'veux s'sont dressés sur ma tête. Une porte venait de grincer, au fin fond d'la maison... Ni une ni deux, j'ai embarqué la toile et j'ai filé comme un lapin, toujours par-derrière. Et me v'là ! Et... LA VOILÀ ! »

Et Allan a sorti de sous son manteau un épais rouleau.

Je le lui ai arraché des mains et je l'ai déroulé. Coiffé d'un drôle de chapeau rouge, un homme à barbiche me regardait avec des yeux noirs perçants. *Le Cardinal !* Cette fois, les cinquante livres étaient à nous ! J'ai crié :

« Bravo, Allan ! » et on était tellement contents qu'on s'est mis à sauter à pieds joints sur le lit.

Mais je ne me suis pas réjoui très longtemps. Il suffisait de réfléchir un peu pour comprendre qu'on était dans de sales draps.

« Tout compte fait, il n'y a pas de quoi être si fiers... C'est malin ! On avait décidé que, si tu trouvais le tableau, tu le laisserais où il était. On serait allés à Scotland Yard, la police aurait fait une descente chez la tortue et on aurait empoché les cinquante livres.

– Et alors ? a protesté Allan. Si on leur apporte la toile, c'est encore mieux : on est sûrs, au moins, qu'la tortue n'va pas la changer d'cachette avant qu'les policiers débarquent ! »

Pour un pickpocket, Allan était d'une naïveté incroyable ! Je l'ai secoué comme un prunier en criant :

« Ah oui ? Eh bien moi, je vais te dire ce qui va se passer ! Tu sais, il ne faut pas se faire d'illusions... Nos déguisements de gosses de riches, ils trompent peut-être de loin, mais de près, les policiers s'apercevront tout de suite qu'on est des gamins des rues. Et tu sais ce qu'ils vont croire, quand ils nous verront arriver avec la toile ? Qu'on a volé le tableau, qu'on a passé la journée d'hier à essayer de le revendre mais que, finalement, on a eu peur de se faire pincer. Et qu'alors on a décidé de se contenter des cinquante livres de récompense ! Ils vont nous interroger pendant des heures, et ils finiront par convoquer le gardien de la National Gallery. Celui-là, tu peux être sûr qu'il se souviendra de nous : on a passé l'après-midi au musée ! Et comme je suis sorti sur la pointe des pieds et en rasant les murs pour que Petticoat ne m'aperçoive pas, le gardien va peut-être se rappeler qu'il m'a vu entrer au musée, mais qu'il ne m'a pas vu partir ! On est cuits, mon pauvre Allan ! Surtout moi ! Seulement, ça, bien sûr, c'est le cadet de tes soucis... »

Plus j'y pensais et plus j'étais furieux. Et surtout très inquiet ! J'aurais bien aimé qu'Allan trouve des arguments pour me rassurer, mais il n'avait pas du tout l'air disposé à me remonter le moral. Il était blanc de colère, si bien que ses taches de rousseur ressortaient encore plus que d'habitude.

Il a sauté au bas du lit, a repris la toile et l'a roulée sous son manteau, puis il s'est dirigé vers la porte et, en partant, il m'a lancé :

« Tout c'que j'fais, c'est jamais bien, avec toi ! C'est quand même grâce à moi qu'on a r'trouvé l'tableau volé, mais j'ai pas eu droit à un mot d'remerciement ! C'est vrai, c'que m'disait mon père : les Anglais sont des tyrans ! Et en plus, y'z'ont aucun sens de l'humour ! Et y font même pas du bon whisky !... Puisque c'est comme ça, j'pars ! J'vais r'trouver mes copains d'la bande. Eux, au moins, y sauront quoi faire d'la toile. Et y s'ront si heureux d'l'aubaine qu'y m'accueilleront à bras ouverts ! Salut, Wiggins ! Content d't'avoir connu ! »

J'étais tellement abasourdi que je me suis laissé tomber sur le lit, incapable de trouver les mots pour retenir mon ami. Et lorsque je me suis enfin décidé à monter à l'étage au-dessus, prêt à faire de plates excuses, Allan n'était plus là, bien sûr.

Il était sans doute redescendu sur la pointe des pieds pour que je ne l'entende pas, et il avait même emporté la petite besace dans laquelle il mettait le peu d'affaires qu'il possédait.

Mais ça ne voulait pas forcément dire qu'il ne reviendrait pas : depuis que je le connaissais, cette besace ne le quittait jamais.

À tout hasard, j'ai regardé sous le lit, puis j'ai soulevé le matelas, et là j'ai eu une drôle de surprise : la toile volée était posée à plat sur le sommier ! C'était bien la preuve qu'Allan comptait revenir ! D'ailleurs il avait aussi laissé son élégant costume, ce qui était plutôt encourageant...

Il avait juste bluffé pour me faire peur. Il était allé passer sa colère en marchant dans les rues, et dans une demi-heure je le verrais réapparaître avec ses taches de rousseur et ses bonnes joues rondes. Il reconnaîtrait que j'avais raison, et à nous deux, on finirait sûrement par trouver une solution pour rendre la toile sans être soupçonnés de l'avoir volée.

Mais une heure plus tard, Allan n'avait toujours pas reparu. Alors j'ai repris la toile et je suis descendu la cacher sous mon matelas. Puis, la mort dans l'âme, je suis sorti dans la neige et j'ai marché jusque chez Petticoat. Quand on n'a pas le moral, il n'y a que le travail pour vous changer les idées.

9

La nuit des docks

Je suis arrivé devant chez l'Honorable au moment précis où il sortait de chez lui. J'étais bien content, cette fois, d'être obligé de marcher à toute vitesse pour ne pas le perdre de vue. D'abord parce qu'il faisait un froid de loup, et ensuite parce que ça m'empêchait de ruminer mes idées noires.

Je venais de perdre un ami, et je ne pouvais même pas aller voir maman pour lui raconter mes malheurs : elle me demanderait comment s'était passé le concert et elle réclamerait les vêtements du fils

Brazenduke… J'avais vraiment envie de tout envoyer promener, la redingote de Charles et mes ambitions de détective ! Je savais bien que je n'arriverais jamais à la cheville de M. Sherlock Holmes. D'ailleurs, quand je lui dirais que je n'avais rien découvert de vraiment important sur Petticoat, il me retirerait l'affaire pour la confier à un autre Irrégulier et je n'oserais plus jamais remettre les pieds à Baker Street.

L'Honorable filait à toute vitesse devant moi. Après deux ou trois visites dans trois quartiers différents et un arrêt dans un pub qui sentait la graisse rance, il s'est rendu à son adresse secrète de Whitechapel.

Il s'y est changé en dix minutes et, quand il est ressorti, on l'aurait vraiment pris pour un marin dur à cuire. Ça voulait dire qu'il comptait aller vers les docks. J'allais encore être bon pour circuler au milieu des dockers, déguisé en aristocrate ! J'aurais bien aimé pouvoir me changer, moi aussi, mais vu le train d'enfer que menait Petticoat, je ne risquais pas d'en avoir le temps.

Le vent glacé n'avait pas l'air de le gêner. Il est passé devant les entrepôts de la *White Star*, puis devant ceux de l'*Orient Peninsular British India*, et il a longé un quai. Un immense navire y était amarré et faisait sa toilette. Je me suis arrêté pour regarder les ouvriers qui grattaient, frottaient, peignaient et astiquaient la coque plus haute qu'un immeuble.

Je ne me suis pourtant arrêté qu'un tout petit instant... Mais ça a suffi pour que Petticoat disparaisse !

Affolé, j'ai couru sur une centaine de mètres, sans parvenir à apercevoir la grande silhouette maigre. Où était donc passé cet anarchiste de malheur ? Jamais je ne le retrouverais dans le dédale des entrepôts ! Des passages s'ouvraient dans toutes les directions, pleins de caisses et de ballots, et grouillant de marins qui s'interpellaient dans des langues incompréhensibles. J'ai tourné à gauche, puis à droite, puis encore à gauche, au hasard. Pas de Petticoat ! J'étais furieux. Je n'avais plus qu'à rentrer chez moi !

Encore aurait-il fallu que je retrouve mon chemin... À force de zigzaguer dans ce labyrinthe, je ne savais plus où j'étais.

Je me suis dit qu'en marchant droit devant moi, je finirais bien par trouver un point de repère, et c'est ce qui s'est produit. Au bout d'un étroit passage, j'ai aperçu une rue. Une vraie rue, avec des cabs et des enfants qui riaient en se lançant des boules de neige ! J'étais presque sorti des docks !

Mais tout à coup j'ai eu l'impression de recevoir un hippopotame sur la nuque. Puis quelqu'un m'a agrippé par-derrière, m'a soulevé en l'air, et m'a porté comme un paquet jusque dans un entrepôt désert où les bruits résonnaient comme au fond d'un tombeau. Là, mon agresseur m'a posé par terre, et, quand j'ai enfin pu rouvrir les yeux, j'ai reconnu... l'Honorable Robert Petticoat lui-même !

Le temps que je reprenne mes esprits, il avait attrapé une corde et m'avait attaché à un pilier.

Il avait l'air tellement en colère que les yeux lui sortaient de la tête.

« Ah, mon garçon, tu me reconnais ! Ce n'est pas la première fois qu'on se rencontre, toi et moi ! Je t'ai vu, l'autre jour ! Je sais tout ! Avoue ou je t'assomme ! »

Avouer ? Jamais ! J'étais peut-être un mauvais détective mais je n'étais pas un lâche, et je n'avais pas l'intention de trahir M. Sherlock Holmes. Petticoat pouvait toujours me torturer, je ne dirais rien !

Après m'avoir étourdi de questions, toujours les mêmes, qu'il répétait de plus en plus fort en s'énervant au point d'en bégayer, il est parti brutalement en lançant des jurons que je n'avais jamais entendus, pas même à Whitechapel où on en connaît pourtant de drôles.

Il faisait sombre dans l'entrepôt, et je me suis rendu compte, en levant le nez vers les minuscules fenêtres, que la nuit était tombée.

J'ai appelé à l'aide, de toute ma voix, mais personne n'est venu. Petticoat avait pris soin de choisir un entrepôt bien à l'écart des autres, et en partant il avait refermé la lourde porte de fer. Mes appels résonnaient d'une façon impressionnante dans cette gigantesque caverne ; de l'extérieur personne ne devait m'entendre. Le vacarme des caisses qu'on déchargeait et les cris des marins me semblaient très lointains.

Peu à peu, d'ailleurs, je ne les ai plus entendus. Les docks s'étaient endormis dans leur grand manteau blanc, et j'étais seul dans l'obscurité et le froid. Petticoat avait probablement décidé de me laisser mourir là.

Mais je n'avais pas l'intention de moisir longtemps dans cet endroit sinistre ! En me tordant dans tous les sens, je pouvais peut-être me libérer ? Je me suis démené comme un vrai diable et à plusieurs reprises j'ai bien cru que la partie était gagnée. J'aurais sans doute fini par m'en sortir si seulement cette canaille de Petticoat avait un peu moins serré la corde... Au lieu de quoi, je n'ai réussi qu'à m'écorcher les poignets et à attraper des crampes terribles dans les mains.

Alors, après avoir lutté un certain temps, je me suis laissé glisser contre le pilier et je me suis accroupi par terre. J'avais beaucoup transpiré en m'agitant, et maintenant un liquide glacé coulait le long de mon dos. Je me suis mis à claquer des dents.

Et puis j'ai pensé à maman qui devait dormir dans sa petite chambre, tout en haut de la maison des Brazenduke. J'ai pensé à Allan, avec ses copains dans le panier à salade. J'ai pensé à Ken, aussi, qui était sans doute assis près de ses parents devant la cheminée et qui leur chantait des ballades, là-bas dans son Écosse natale. J'ai même pensé à papa, en me disant qu'il avait bien de la chance d'être déjà mort. Et, comme il y a très longtemps, quand j'étais petit, je me suis mis à pleurer.

10

L'Honorable Robert se révèle

Après avoir longtemps pleuré, je crois que j'ai dû m'assoupir. En tout cas, lorsque la haute porte métallique s'est ouverte dans un tintamarre invraisemblable, j'ai fait un bond. La corde s'est incrustée encore plus durement dans la chair de mes poignets, et un gémissement m'a échappé.

L'infâme Petticoat était devant moi. Il tenait à la main une lanterne sourde[1] qui transformait sa grande silhouette coiffée d'une casquette de marin en une espèce de

1. Lanterne dont on peut cacher la lumière à volonté.

diable cornu. La lueur vacillante dessinait des ombres changeantes sur son visage, ce qui le rendait encore plus grimaçant. Il était vraiment terrifiant, et je me suis dit qu'il aurait mieux valu périr de froid que de me trouver à nouveau face à cet anarchiste prêt à tout.

« Alors, tu as réfléchi ? a-t-il chuchoté. (Son chuchotement semblait encore plus menaçant que ses cris de tout à l'heure.) Tu es décidé à avouer ? Ou tu préfères rester ici jusqu'à ce qu'il ne reste plus de toi qu'un petit tas d'os ? »

J'étais presque arrivé à me convaincre que la mort ne devait finalement pas être si terrible, mais l'histoire du petit tas d'os donnait à réfléchir... Quitte à disparaître, ce serait peut-être moins pénible de mourir de honte (parce que j'aurais trahi M. Sherlock Holmes) que de froid et de peur. Alors je me suis lancé, en évitant le regard perçant de Petticoat qui me mettait horriblement mal à l'aise :

« Je ne vous veux aucun mal, sir ! C'est juste que quelqu'un m'a donné un peu d'argent pour que je vous suive. Cette personne s'imagine que vous faites partie d'une bande d'anarchistes... C'est vraiment ridicule, je suis sûr qu'elle se trompe, seulement j'ai besoin d'argent pour vivre ! C'est pourquoi j'ai accepté cette mission. »

Au bout d'un long moment, comme Petticoat ne réagissait toujours pas, je me suis risqué à le regarder. La mâchoire presque décrochée et les yeux exorbités, il avait l'air complètement abasourdi, comme si je lui avais annoncé que j'étais le prince Albert[2] en personne. Puis il a posé sa lanterne par terre, et il s'est accroupi à côté de moi. Et, cette fois, il a parlé d'une voix normale :

« Moi, un anarchiste ? Jamais je n'ai entendu quelque chose d'aussi extraordinaire de ma vie ! Si je comprends bien,

2. Prince de Galles, mari de la reine Victoria.

l'autre jour, c'était parce que tu me suivais que tu te trouvais à la National Gallery ? »

En tremblant, j'ai répondu que oui. Et alors Petticoat est parti d'un éclat de rire énorme, un véritable rugissement qui résonnait dans l'entrepôt comme celui d'un lion sous le chapiteau d'un cirque. Tout en s'esclaffant, il me donnait des claques sur l'épaule, manquant à chaque fois me renverser, et il riait tellement fort qu'il a fini par en pleurer.

Quand il s'est enfin rendu compte qu'il était le seul à s'amuser, il s'est décidé à m'expliquer ce qu'il trouvait si drôle :

« Figure-toi que je t'avais repéré, à la National Gallery. J'avais bien vu que tu essayais de passer inaperçu, et, entre nous, ton costume de jeune homme distingué te va comme des bretelles à un lapin... Pendant un moment, je me suis demandé ce que tu faisais là, déguisé, et j'avais bien envie d'engager la conversation avec toi. Mais au moment où je me suis décidé, je ne t'ai plus vu. Alors j'ai tranquillement terminé ma visite, et je t'ai complètement oublié. Seulement, quand j'ai appris par les journaux qu'on avait volé *Le Cardinal de Richelieu*, j'ai aussitôt pensé que c'était toi le coupable ! C'est pourquoi, en t'apercevant tout à l'heure dans la rue, je me suis promis de te faire avouer le vol et de t'amener ensuite à Scotland Yard, ficelé comme un paquet ! Si je t'ai laissé là un bon moment, c'était juste pour te faire un peu peur, pour t'inciter à parler... Je ne suis pas un méchant homme, contrairement à ce que tu dois penser. Un peu vif peut-être, mais pas méchant... Ce que j'aime dans la vie, moi, c'est l'aventure. Tu penses bien qu'une histoire comme celle-là, je ne pouvais pas la laisser échapper ! »

Maintenant que j'étais un peu moins terrifié, le visage de Petticoat ne me semblait plus aussi grimaçant. Ça a été plus fort que moi, je lui ai demandé d'un ton un peu narquois :

« Vous comptiez toucher les cinquante livres, je suppose ? »

Petticoat a ri encore un bon moment avant de me répondre :

« Penses-tu ! Cinquante livres ? Une bagatelle ! C'est à peine la moitié de la rente que je touche chaque mois ! Non, ce qui m'amusait, c'était de voir comment cette affaire allait se terminer. Et puis tu avais l'air d'être un drôle de numéro, et je mourais d'envie de faire ta connaissance ! Moi qui ai rencontré des gens de toutes sortes et dans tous les quartiers de Londres, je n'aurais jamais rêvé d'un original dans ton genre ! »

Je ne savais pas trop si l'originalité était une qualité ou un défaut. Mais j'aurais surtout aimé savoir pourquoi Petticoat tenait tant à me connaître... et pourquoi, s'il n'était pas anarchiste, il parcourait Londres dans tous les sens en rencontrant toutes sortes de personnes, dont certaines n'avaient pas l'air très recommandables.

Puis, soudain, j'ai eu une illumination : il était sûrement détective ! M. Sherlock Holmes, lui aussi, sillonnait Londres et y rencontrait des gens bizarres. Et il m'avait probablement demandé de suivre Robert Petticoat pour savoir sur quelles affaires il travaillait, et pour vérifier qu'il ne lui faisait pas concurrence. Peut-être même dans l'intention de lui voler ses clients !

« Tu dois te demander qui je suis, a repris Petticoat. Ou *ce que* je suis. Je te promets de tout te dire... Mais auparavant, tu aimerais peut-être que je te détache ? »

Pas trop tôt ! Il se rappelait enfin qu'il m'avait ficelé comme un rôti !

Une fois la corde dénouée, j'ai poussé un ouf de soulagement. Mais les heures que je venais de passer m'avaient tellement secoué que, lorsque j'ai voulu me lever, la silhouette de Petticoat et la lanterne se sont mises à trembler avant de se volatiliser. C'est du moins l'impression que j'ai eue. En réalité, ce n'était pas Petticoat qui avait disparu, mais moi qui étais tombé dans les pommes. Encore une fois !

Quand je me suis réveillé, j'avais un goût délicieux dans la bouche, et Petticoat était penché sur moi, l'air inquiet, une minuscule bouteille de whisky à la main. Je me demande bien pourquoi on n'en vend pas en pharmacie, c'est un remède absolument magique. Et Allan pourra dire tout ce qu'il voudra : le whisky anglais est un régal !

« Ah, je vois que ça va beaucoup mieux ! a dit Petticoat. Maintenant, à mon tour d'avouer... Mais il ne faudrait pas que tu t'évanouisses à nouveau. On va aller se réchauffer dans un pub. En avant, mon garçon ! »

Et, bras dessus, bras dessous, l'ex-anarchiste déguisé en marin et le gamin de Whitechapel déguisé en aristocrate se sont mis en route.

11

Des taches de sang

Lorsque je suis rentré chez moi, après mon extraordinaire aventure, le jour commençait déjà à poindre. Épuisé par les émotions, par le whisky et par les révélations de l'Honorable Robert, j'avais l'impression de marcher sur le pont d'un bateau pris dans la tempête. En poussant la porte de la maison, je me demandais même si j'arriverais à grimper l'escalier qui menait à ma chambre.

C'est sans doute pour ça que j'ai manqué de présence d'esprit, quand une grande et sombre silhouette m'a bousculé dans l'escalier avant de s'enfuir en courant. J'ai réalisé un peu trop tard que j'aurais dû essayer de la rattraper… Car, parmi mes voisins, un seul était aussi grand que ce mystérieux visiteur : Ken. Mais Ken se trouvait en Écosse ! Qu'était donc venu faire là un étranger à cette heure de la nuit ?

J'avais beau ne pas être très frais, j'ai tout de suite pensé à la toile. J'ai grimpé l'escalier quatre à quatre et je me suis rué dans ma chambre. Dans tous mes états, j'ai soulevé le matelas. *Le Cardinal* avait disparu ! C'était facile de deviner ce qui s'était passé : Allan était allé retrouver sa bande, il avait tout raconté, et le chef s'était chargé lui-même de venir récupérer le tableau.

J'étais tellement découragé et fatigué que mes réflexions se sont arrêtées là. Je me suis couché tout habillé, et j'ai dormi jusqu'au milieu de la matinée.

En me réveillant, j'ai commencé par me préparer une bonne tasse de thé, qui ne m'a pas du tout réconforté. Ce qui me rendait triste, ce n'était pas tellement que l'espoir des cinquante livres se soit envolé en fumée, mais plutôt qu'Allan m'ait trahi.

Tout ce que je connaissais de la bande, c'était qu'elle vivait dans un panier à salade abandonné. Avec ça, j'étais bien avancé ! Je ne savais même pas dans quel quartier chercher ! Bien sûr, avec l'aide des Irréguliers, j'aurais sans doute fini par trouver. Seulement je ne me sentais pas la force d'aller supplier Allan de rendre la toile. Puisqu'il ne voulait plus de mon amitié, je préférais essayer de l'oublier. Et de toute façon je n'avais aucune chance de récupérer la peinture. La bande allait sûrement s'empresser de la revendre !

Cette fois, j'étais bien obligé de reconnaître que cette affaire était trop difficile pour moi. Il ne me restait qu'une solution : aller trouver M. Sherlock Holmes et lui parler de la disparition du *Cardinal*. Je me suis changé, j'ai remis mes vieux vêtements, beaucoup plus confortables que la redingote de Charles Brazenduke, et j'ai marché jusqu'à Baker Street.

Malheureusement, le grand détective n'était toujours pas rentré, et le docteur Watson, qui était occupé à écrire des lettres, n'a pas eu l'air ravi de me voir. J'ai bien failli repartir mais je n'avais personne d'autre à qui demander conseil. Alors je lui ai tout raconté. Et son courrier n'a plus eu l'air de l'intéresser du tout !

« Je crois que vous avez raison, a-t-il déclaré en se levant pour prendre son manteau et son chapeau. Le tableau retrouvé chez ce Moriarty, c'est tout à fait étonnant... C'est même proprement incroyable ! Je ne peux pas vous en dire plus, mais il faut prévenir Holmes de toute urgence ! »

En chemin, il m'a expliqué que son ami avait installé une sorte de campement dans une maison vide qui faisait face à celle du Napoléon du Crime. Ça lui permettait d'observer toutes ses allées et venues sans se faire remarquer.

« Vous le connaissez aussi bien que moi, a-t-il ajouté après avoir fait signe à un cab. Il doit se tenir immobile à son poste d'observation, sans dormir ni manger ! Je n'ai jamais rencontré un homme aussi résistant que Sherlock Holmes. Il est vrai qu'on imagine mal un détective s'évanouissant pour un oui ou pour un non, mais tout de même ! »

Puis le docteur Watson n'a plus ouvert la bouche de tout le trajet. Et moi non plus, car ce qu'il venait de dire à propos des détectives qui s'évanouissaient m'avait horriblement humilié.

Le cab nous a conduits tout au nord de Londres, dans un quartier où je n'étais encore jamais allé. Évidemment, le Napoléon du Crime ne vivait pas à Whitechapel, avec les pickpockets et les receleurs louches, mais dans un endroit où les maisons étaient presque aussi grandes que des châteaux !

En jetant des regards suspicieux de tous les côtés, Watson m'a entraîné vers une ruelle, pour rejoindre l'arrière de la maison où M. Sherlock Holmes faisait le guet. Après avoir traversé un grand jardin, au milieu d'arbustes qui faisaient le gros dos sous la neige, nous nous sommes approchés d'une petite porte vitrée. Une porte de service, sûrement.

« C'est par là que je suis entré l'autre jour, a précisé à voix basse le docteur Watson. C'est plus discret ! »

Et il s'est avancé avec un grand sourire, en s'apprêtant à interpeller doucement son ami pour lui annoncer notre visite. Mais son sourire s'est figé et un juron lui a échappé. De grosses taches sombres s'étalaient sur la neige. Il n'y avait pas besoin de les examiner longtemps pour comprendre que c'était du sang séché, déjà tout craquelé par le froid.

Nous nous sommes précipités à l'intérieur. De tache en tache, nous avons parcouru un petit couloir ; il nous a conduits dans une pièce qui donnait sur le devant de la maison.

Il y faisait encore plus froid que dans ma chambre à Whitechapel. Le parquet disparaissait sous la poussière et les carreaux étaient recouverts d'une épaisse pellicule de crasse. Pas un meuble, pas un tableau, pas un lustre, mais des toiles d'araignées en quantité. De quoi s'en tricoter un pull-over ! Et puis de grosses taches de sang... Près de la fenêtre, il y avait une lanterne sourde, des outils de toutes sortes, une loupe, une longue-vue... Pas de doute, c'était bien le poste d'observation de M. Sherlock Holmes !

Mais le détective n'était pas là, et ces traces de sang étaient plutôt de mauvais augure... J'essayais de me remonter le moral en me disant que le grand détective avait seulement été blessé, puisqu'il avait eu la force de quitter la maison. Mais il pouvait aussi bien se trouver dans une rue voisine, au milieu de la chaussée, là où il était tombé, évanoui... ou mort !

J'ai senti brusquement comme une grosse boule dans ma gorge et mes yeux se sont mis à me piquer. Est-ce que tous ceux que j'aimais allaient disparaître les uns après les autres ? Bien sûr, M. Sherlock Holmes était parfois un peu exaspérant avec ses mines supérieures, ses démonstrations géniales et sa manie de se plonger dans ses pensées sans répondre quand on lui posait des questions. Mais je l'aimais comme il était, et je savais qu'il m'aimait bien, lui aussi. Et puis j'avais besoin de ses conseils. S'il mourait, j'étais sûr de dégringoler la pente, peut-être même de devenir comme Allan et de terminer ma vie aux travaux forcés en Australie...

Le docteur Watson était devenu tout blanc. Complètement affolé, il s'est dirigé vers la fenêtre. À l'angle d'un des carreaux, on avait ôté la poussière sur une surface circulaire à peine plus grande qu'une pièce d'un shilling. Le docteur est allé y coller un œil et s'est écrié :

« Incroyable ! Que diable peut-il bien se passer ? Venez voir, Wiggins ! »

Je me suis approché de lui et je me suis haussé sur la pointe des pieds pour regarder à mon tour. La maison d'en face était énorme, tout en brique, hérissée de cheminées et de minuscules tourelles. Enfouie sous la neige, elle avait presque l'air irréelle, un peu comme un château de conte de fées.

Mais il y avait devant la grille quelque chose (ou plutôt quelqu'un) qui ne faisait pas du tout penser à un conte de fées : un policeman en faction ! Cela signifiait évidemment que le Napoléon du Crime avait été arrêté. Probablement après une lutte épouvantable avec M. Sherlock Holmes.

L'air tranquille du policeman était plutôt rassurant : le détective n'était peut-être pas mort, tout compte fait... Il devait se trouver à Scotland Yard, en train de témoigner contre le sinistre Moriarty. À moins qu'il ne soit à l'hôpital ?

« Venez, m'a dit le docteur Watson en m'entraînant rapidement hors de la maison abandonnée, cette fois par la porte principale. Nous allons nous renseigner. »

Quand nous avons demandé au policeman où était passé M. Sherlock Holmes, il a haussé les sourcils en grommelant :

« Comment voulez-vous que je sache où est ce M. Hobbes ? Ça ne fait même pas deux heures que je suis là !

– Ce n'est pas grave, a rétorqué le docteur Watson d'un air agacé. En fait, ce n'est pas lui que je viens voir. Je suis médecin, et un inconnu m'a appelé au chevet d'un malade qui se trouve dans cette maison... »

Le policeman a ricané :

« Ça m'étonnerait ! Le type qui habitait

là s'est suicidé ! Pas cette nuit, l'autre. Un nommé Moriarty. »

MORIARTY !

Le docteur Watson a remercié le policeman et nous nous sommes éloignés. J'ai réussi à tenir ma langue le temps de parcourir quelques mètres, mais ensuite j'ai explosé :

« Moriarty ! Le Napoléon du Crime s'appelle Moriarty ?

– Eh oui ! a répliqué le docteur Watson. Lorsque vous m'avez parlé d'un Moriarty à cou de tortue, j'ai tout de suite compris qu'il s'agissait de l'homme que traquait notre ami. Mais j'ai préféré ne rien vous dire avant que nous ayons parlé au détective. Vous savez comment il est : il tient beaucoup à ses petits secrets... En tout cas, maintenant que Moriarty s'est suicidé, il ne nuira plus à personne. Sans doute s'est-il aperçu que Holmes l'avait repéré. Il aura préféré la mort à la prison. J'espère seulement qu'avant de mourir, il n'aura pas... »

Moi aussi, j'espérais que Moriarty n'avait pas tiré sur M. Sherlock Holmes avant de se donner la mort...

« C'est tout de même invraisemblable ! s'est tout à coup écrié le docteur Watson en s'immobilisant brutalement. Je me demande où va l'Angleterre ! Un policeman, ignorer qui est Sherlock Holmes ! Il ne faudra surtout pas lui raconter cela, Wiggins... »

12

Le mystérieux tarin des aulnes

Puis le docteur Watson a posé la main sur mon épaule et m'a dit :

« Vous avez une petite mine. Accompagnez-moi donc à Baker Street. Cette chère Mme Hudson ne verra sûrement aucun inconvénient à ajouter un couvert pour le déjeuner ! »

Il pouvait toujours s'efforcer de prendre l'air désinvolte ! Je savais bien qu'il était mort d'inquiétude pour son ami, et qu'il m'invitait à déjeuner pour ne pas rester seul.

Quant à Mme Hudson, je n'étais pas si sûr qu'elle serait contente de me voir. La logeuse de M. Sherlock Holmes, qui lui monte son courrier, introduit les visiteurs et prépare les repas, est une vieille dame pas commode. Elle ne cesse de se plaindre des clients du détective, et je ne crois pas qu'elle apprécie beaucoup les gens qui viennent de Whitechapel. En plus, elle est écossaise et, c'est bien connu, les Écossais sont près de leurs sous (sauf Ken, bien sûr). Bref, j'étais persuadé qu'elle serait furieuse de devoir ajouter un morceau de viande dans son ragoût !

En réalité, je me trompais. Quand nous sommes entrés au 221B et que nous avons commencé à gravir les marches, nous l'avons vue sur le palier, la figure toute rose et les yeux brillants.

« Vous arrivez juste au bon moment ! Je viens de servir le déjeuner. Ah, mais vous êtes deux ! Je vais tout de suite arranger ça... »

Le docteur Watson a poussé un ouf de soulagement et m'a dit :

« J'ai comme l'intuition que... »

Il n'a pas eu le temps de finir sa phrase. La porte de l'appartement s'est ouverte et M. Sherlock Holmes est apparu, son violon à la main. Son visage avait la couleur du blanc d'œuf et son crâne était entouré d'un épais pansement. Sauf le respect que j'ai pour lui, il ressemblait à un œuf de Pâques !

« Étonné de me voir, hein, Watson ? a-t-il demandé en nous faisant entrer.

– Pas le moins du monde, mon cher Holmes ! a répondu le docteur qui aime bien, de temps en temps, gâcher les petits effets de son ami. Quand je vois Mme Hudson excitée comme une puce, je sais que vous êtes à la maison. En votre présence, elle rajeunit de trente ans !

– La célébrité, que voulez-vous ! » a rétorqué le détective en souriant jusqu'aux oreilles.

M. Sherlock Holmes a beau s'efforcer de jouer les indifférents, il est sensible aux compliments et il ne déteste pas les femmes, même les vieilles Écossaises grognons !

« Que vous est-il donc arrivé ? a interrogé le docteur Watson d'un air (presque) détaché. Et pourquoi avez-vous tiré les rideaux ? Ne goûtez-vous pas la poésie qui se dégage de Londres sous la neige ? »

Tout en reposant son violon, Holmes a levé les yeux au ciel, avec un petit geste agacé qui voulait dire : « Ne commencez pas à jouer les mères poules ! » et le docteur Watson s'est assis à table sans piper mot.

Mme Hudson avait préparé un pâté de pigeon en croûte qui était un vrai régal. C'était autre chose que les harengs grillés qu'on vend au coin des rues dans Whitechapel ! À moi tout seul, j'ai dû manger plus que M. Sherlock Holmes et le docteur Watson réunis. Mais ça ne m'a pas empêché d'écouter de toutes mes oreilles le récit du détective.

« À force de traquer ce scélérat de Moriarty, je suis enfin parvenu à découvrir où il se cachait : dans une grande demeure de Hampstead, en face de laquelle une maison inoccupée constituait un observatoire idéal. Mais cela, vous le savez, mon cher Watson, puisque j'ai eu le plaisir, avant-hier, d'avoir votre visite à Hampstead... Avant-hier soir, donc, vers dix-huit heures, peu après que vous m'avez quitté, Moriarty est sorti pour se rendre... au concert ! Car en plus d'être un bandit, cet homme est un amateur de musique et de peinture ! »

En entendant M. Sherlock Holmes parler de peinture, le docteur Watson et moi nous sommes adressé un clin d'œil complice.

« Je l'ai donc suivi et j'ai réussi à me placer quelques rangs derrière lui, a continué le détective sans paraître avoir rien remarqué. À ma grande déception, il n'a parlé à personne... Quoi qu'il en soit, je ne l'ai pas lâché d'une semelle (d'une roue, plus exactement, car il a pris un cab). Aussitôt après la fin du concert, il est rentré sagement chez lui. Quant à moi, je me suis bien gardé de dormir ! J'avais les yeux fixés sur la grille, qui restait obstinément close. Par chance, les rayons de la pleine lune, en se réfléchissant sur la surface blanche de la neige, éclairaient la rue presque comme en plein jour. Si Moriarty ressortait, je ne pouvais manquer de le voir !

« Il n'était pas loin de cinq heures du matin lorsque j'ai entendu gratter à la porte derrière moi, et j'ai vu apparaître un galopin qui m'apportait un message de l'inspecteur Lestrade. Cela ne m'a pas surpris car, avant de partir bivouaquer à Hampstead, j'avais transmis à Scotland Yard l'adresse à laquelle on pourrait me trouver en cas de nécessité... Voici ce que m'écrivait le policier : *Je viens d'arrêter un certain colonel Sebastian Moran. Il m'a promis des révélations fracassantes, mais il prétend ne les faire qu'en votre présence. Venez immédiatement, je vous en prie !*

« Vous devinez ma stupéfaction en apprenant que cet imbécile de Lestrade avait réussi à arrêter le colonel Moran, qui n'est ni plus ni moins que le bras droit de Moriarty ! Abandonner mon poste de guet me contrariait fort, et d'autre part je ne pouvais m'empêcher de redouter un piège. Moriarty pouvait très bien s'être aperçu de ma surveillance et avoir lui-même rédigé ce message pour m'éloigner de chez lui.

– Pourtant, l'écriture..., a murmuré le docteur Watson.

– Elle ressemblait à s'y méprendre aux pattes de mouche de Lestrade, mais était-ce une preuve suffisante ? Pour une canaille de la trempe de Moriarty, imiter une écriture est un jeu d'enfant... D'un autre côté, si le message avait effectivement été rédigé par Lestrade, je tenais à entendre au plus vite les révélations de Moran. J'ai donc décidé de parier pour cette hypothèse... Ah, mon cher Watson, comme j'ai regretté que vous ne soyez pas avec moi ! Vous auriez pu faire le guet à ma place, tandis que je me serais rendu à Scotland Yard ! »

J'ai jeté un regard noir à M. Sherlock Holmes. Il avait regretté son ami Watson et il n'avait pas pensé une seule seconde à moi, qui aurais été beaucoup plus capable que le docteur de surveiller Moriarty, puisque je le connaissais ! (Mais, bien sûr, le détective ne le savait pas...)

« Je suis donc allé à Scotland Yard, a continué M. Sherlock Holmes en repoussant son assiette à laquelle il avait à peine touché. Et là, comme je l'avais redouté... »

Je n'ai pas pu m'empêcher d'interrompre le grand détective :

« L'inspecteur Lestrade a ouvert des yeux ronds et vous a déclaré qu'il n'avait pas eu la chance d'arrêter le colonel Moran !

– Vous avez malheureusement raison, Wiggins ! a répliqué M. Sherlock Holmes en se levant pour aller chercher sa pipe au fond du seau à charbon où il avait l'habitude de la ranger. Ce message était bien un faux, ce qui signifiait que Moriarty avait détecté ma présence en face de chez lui.

Probablement à cause de la visite que vous m'aviez faite, Watson, et qui lui avait mis la puce à l'oreille...

– Holmes ! J'avais pris soin d'entrer par-derrière ! a protesté le docteur, la bouche pleine.

– Peu importe, a coupé le détective. Furieux d'avoir choisi la mauvaise hypothèse, je suis donc revenu à Hampstead... non sans avoir dû subir un entretien interminable avec Lestrade, qui est bien le policier le plus sot que j'aie jamais rencontré. Le temps que je me débarrasse de lui et que je retourne à mon poste, il était sept heures du matin. De toute façon, je n'étais plus à une heure près. Moriarty avait évidemment profité de mon absence pour prendre la poudre d'escampette !

– Pas du tout ! s'est écrié le docteur Watson d'une voix triomphante. Il est mort ! »

À travers le nuage de fumée qu'il venait de souffler, le grand détective a regardé un long moment son ami avec ses yeux de renard, puis il a repris un ton doctoral pour expliquer :

« Laissez-moi terminer mon récit, mon cher Watson. Et écoutez-moi attentivement, car j'aimerais avoir votre avis sur la suite des événements... J'arrive donc à Hampstead pour me heurter à un attroupement. Un voisin, qui pensait avoir entendu un coup de feu, avait appelé un policeman, et ce dernier en pénétrant chez Moriarty avait buté contre un cadavre : celui du Napoléon du Crime ! Il tenait encore le pistolet à la main. Il s'était suicidé !

« Je brillais d'envie de me glisser à l'intérieur pour examiner les lieux. Mais le jeune policeman n'a rien voulu entendre. Il m'a repoussé dans la rue comme un vulgaire badaud ! »

J'ai failli piquer un fou rire en m'imaginant la tête qu'avait dû faire M. Sherlock Holmes en se voyant mettre dehors. Mais j'ai jugé plus prudent de pousser la même exclamation scandalisée que le docteur Watson. Notre ami est plutôt susceptible...

« Je n'ai pu constater qu'une chose, a-t-il continué. Dans la neige, des traces de pas humains se dirigeaient vers la maison, mais aucune n'en ressortait.

– Ce qui est la preuve indubitable du suicide ! a déclaré le docteur Watson. S'il y avait eu meurtre, les pas de l'assassin se seraient également imprimés dans la neige.

– Peut-être, a admis le détective. J'ai pourtant peine à croire que Moriarty se soit donné la mort... Par ailleurs, à côté de ces empreintes, il y en avait d'autres, beaucoup plus intéressantes : des traces de pattes d'oiseau... »

Que venait faire un oiseau dans cette histoire ? Le docteur Watson m'a lancé un regard perplexe. Il se demandait sans doute si son ami n'était pas en train de perdre la raison...

Avec le plus grand sérieux, M. Sherlock Holmes a poursuivi :

« Vous savez que j'ai longuement étudié les différentes espèces d'oiseaux, à l'occasion d'une enquête très étrange que je vous raconterai peut-être un jour. J'ai donc immédiatement compris que l'oiseau qui était passé par là était un tarin des aulnes. Ce qui m'a permis de faire une découverte tout à fait stupéfiante... »

Cette fois, le grand détective était bon pour l'asile. Il délaissait le Napoléon du Crime pour s'intéresser à un tarin des aulnes ! Et il n'avait même pas remarqué un détail essentiel, qui m'avait sauté aux yeux. J'ai marmonné :

« Pour les traces de pas... »

Mais M. Sherlock Holmes ne m'a pas entendu. Il a repris à voix basse :

« Vous me semblez soucieux, mon cher Watson. Je vais donc vous donner en deux mots la raison de l'absurde pansement qui orne mon crâne, et nous pourrons ensuite reparler du tarin des aulnes.

« Après avoir quitté le policeman, je suis retourné à la maison abandonnée pour y récupérer mes affaires. J'avais l'intention d'aller chercher Lestrade afin qu'il vienne avec moi examiner le lieu du suicide. Mais c'était décidément mon jour de malchance : au moment de pénétrer dans la maison, la vitre d'une des deux petites portes de derrière s'est brisée et m'est littéralement tombée sur la tête, m'entaillant profondément le cuir chevelu ! Je n'ai eu que le temps de me faire un bandage de fortune, de ressortir de la maison (toujours par-derrière) et de héler un cab. J'ai perdu une telle quantité de sang que je me suis quasiment évanoui dans la voiture. Le cocher a eu la bonne idée de me conduire à l'hôpital, où on m'a abruti de calmants. Ce n'est que ce matin à l'aube que j'ai émergé d'un sommeil léthargique... Voilà l'explication de mon pansement, et voilà pourquoi j'ai tiré les rideaux : la lumière du jour me donne mal à la tête. Et maintenant, mon cher Watson, soyez assez aimable pour ne plus jamais me parler de cette aventure grotesque qui m'a fait perdre une journée...

« Cela étant dit, revenons à notre affaire. Que pensez-vous des traces de pattes d'oiseau ?

– Holmes..., a bredouillé le docteur Watson. Vous avez perdu beaucoup de sang et vous n'avez presque rien avalé de ce délicieux pâté en croûte. Je crois qu'une heure ou deux de repos ne seraient pas superflues. »

M. Sherlock Holmes a bondi en brandissant sa pipe.

« Ah, mon cher Watson, vous vous imaginez sans doute que cet accident a amoindri mes prodigieuses capacités intellectuelles ? Et vous, Wiggins, quel est votre diagnostic ? »

Je n'avais jamais entendu le mot *diagnostic*, mais le sens de la question n'était pas difficile à comprendre... Et je n'allais sûrement pas me risquer à répondre que j'étais du même avis que le docteur ! Je me suis contenté de hausser les épaules en faisant la moue, ce qui n'a pas eu l'air de plaire au grand détective. Il s'est mis à tirer bruyamment sur sa pipe et il n'a plus desserré les dents pendant un long moment.

Puis, soudain, il a éclaté de rire et est allé ouvrir son secrétaire en déclarant que, puisque nous nous liguions tous les deux contre lui, il ne nous parlerait plus jamais de Moriarty. Il a plongé le bras au fond du meuble et, d'une façon un peu théâtrale, il s'est redressé, s'est retourné et a lancé sur la table un paquet entouré de papier journal, en s'exclamant :

« Parlons plutôt de ce paquet. Qu'en pensez-vous, mon cher Wiggins ? »

J'ai eu tout à coup l'impression que le pigeon de Mme Hudson me remontait dans la gorge. En tombant sur la table, le papier journal s'était déchiré, révélant son contenu : une toile roulée, qui n'était pas difficile à reconnaître...

13

Le Cardinal de Richelieu

J'avais beau me frotter les yeux, c'était bien la toile que j'avais laissée sous mon matelas la veille au soir, et qui ce matin avait disparu !

J'ai regardé M. Sherlock Holmes d'un air vaguement soupçonneux.

« L'homme que j'ai croisé ce matin... et qui s'enfuyait de chez moi...

– Eh oui ! s'est esclaffé le détective en nous entraînant, le docteur Watson et moi, vers les grands fauteuils de cuir confortables, devant la cheminée. C'était moi ! Je vous dois les plus plates excuses pour m'être introduit chez vous en votre absence. Mais j'étais trop impatient de vérifier le bien-fondé de ma petite hypothèse... »

Tout à coup, j'ai eu aussi chaud que si on venait de m'appliquer un fer brûlant sur les joues. J'ai crié :

« Ce n'est pas moi qui l'ai volé ! Je vous le jure ! D'ailleurs, vous n'avez qu'à demander au docteur Watson ! Je suis venu le trouver *de moi-même* pour lui raconter tout ce que je savais à propos du tableau ! Je voulais vous demander conseil, mais vous n'étiez pas là...

– Calmez-vous, mon cher Wiggins, m'a doucement répondu le grand détective. Loin de moi l'idée de vous accuser ! Ne m'en veuillez pas : je n'ai pas pu résister à la tentation de ce petit coup de théâtre... Et maintenant, peut-être aimeriez-vous savoir comment j'ai deviné que la toile était chez vous ? »

Si j'avais envie qu'il m'explique ce mystère ? Quelle question !

« Dans ce cas, a-t-il poursuivi, je vais être obligé de revenir à notre fameux tarin des aulnes... »

Ça recommençait ! Son cerveau était sûrement très atteint et il n'y avait plus qu'à espérer que le docteur Watson arriverait à le soigner. En attendant, il valait mieux l'écouter avec attention pour ne pas l'énerver...

« Il faut d'abord que je vous raconte à quelle occasion j'ai commencé à m'intéresser à ce volatile. C'était l'hiver dernier, dans le Yorkshire. Un de mes anciens camarades de classe, qui exerce le même métier que moi près de la frontière écossaise, m'a demandé de venir l'aider dans une enquête délicate. Dans *une série* d'enquêtes délicates, plus exactement : un cambrioleur (ou des cambrioleurs) écumait la région, et les vols se déroulaient de façon extrêmement étrange. Bien que la campagne fût recouverte d'une épaisse couche de neige, aucune trace de pas n'était visible autour des maisons cambriolées. Si bien que les victimes, terrifiées, croyaient dur comme fer qu'un fantôme s'était introduit chez elles !

– Peut-être s'agissait-il de faux cambriolages ? a interrompu le docteur Watson, tout fier de proposer une solution. Les gens déclaraient un vol fictif pour toucher le montant de leur assurance. »

Fictif... Encore un mot que je ne connaissais pas. Mais je comprenais à peu près ce que voulait dire le docteur. Seulement cette explication me paraissait trop simple... De toute façon, lorsque M. Sherlock Holmes expose un cas, les hypothèses qu'on lui propose sont toujours mauvaises. Seule, la sienne est toujours valable !

« Bravo ! a déclaré le détective en se penchant vers la cheminée pour tisonner le feu. Votre idée est astucieuse, Watson... mais ce n'est pas la bonne. »

Comme d'habitude !

« Et vous, Wiggins ? a-t-il interrogé en se

tournant vers moi. Voyez-vous où je veux en venir ? »

Je ne voyais pas du tout. Pourtant, c'était une histoire de traces dans la neige, et comme ma petite idée à moi portait aussi sur des empreintes de pas, je commençais à me dire que le cerveau de M. Sherlock Holmes n'était peut-être pas si atteint qu'il en avait l'air.

Constatant que je ne trouvais rien à répondre, le détective s'est enfoncé dans son fauteuil, a joint les extrémités de ses doigts et, les yeux presque fermés, a repris son récit :

« Durant mon séjour dans le nord de l'Angleterre, plusieurs cambriolages se sont à nouveau produits, ce qui m'a permis d'élaborer une théorie assez intéressante. Mais la neige a fondu, le printemps est arrivé, et je n'ai pas pu la vérifier. Puis les cambriolages ont cessé, et je suis rentré à Londres, agacé par cette affaire restée sans solution...

« Passons maintenant aux événements de ces derniers jours. Je vous ai reproché à tort, mon cher Watson, d'être venu me voir à Hampstead, ce qui avait pu attirer sur moi l'attention de Moriarty... En réalité, votre visite m'a été fort utile ! Car vous m'avez alors raconté votre dernière entrevue avec Wiggins. Je ne sais pourquoi vous étiez si bavard, ce soir-là, mais vous avez longuement épilogué sur la vie difficile de notre jeune ami. Vous m'avez également relaté dans les moindres détails comment il s'était fait un nouveau camarade, un Irlandais qui, après s'être acoquiné avec une bande de voleurs, avait finalement pris la décision de revenir dans le droit chemin...

« Après votre départ, j'ai filé le Napoléon du Crime au concert, puis il y a eu cette longue nuit de guet qui s'est terminée comme vous savez : le suicide de Moriarty, et mon ridicule accident...

« En me réveillant, cette nuit à l'hôpital, j'ai soudain repensé au tarin des aulnes qui avait laissé ses empreintes dans le jardin de Moriarty, et je me suis rappelé l'hypothèse que j'avais formulée l'an dernier au cours de mon enquête dans le Yorkshire... Je vous ai dit que, lors des cambriolages, on ne retrouvait jamais la moindre trace de pas. Pour être plus précis, j'aurais dû parler *de pas humain*... Car dans tous les cas que j'ai étudiés on pouvait observer des traces de tarin des aulnes. Étonnant, n'est-ce pas ? J'avais fini par en arriver à une conclusion extraordinaire mais cependant vraisemblable : le voleur avait fabriqué des semelles équipées de ferrures dont la forme reproduisait les empreintes de ces oiseaux ! Il s'agissait sans nul doute d'un gamin de petite taille, assez léger pour ne pas écraser la neige sous son poids.

« En repensant aux traces que j'avais aperçues dans le jardin de Moriarty, j'ai soudain fait le rapprochement entre le Yorkshire et le jeune Allan, ce nouvel ami de Wiggins, qui avait vécu dans cette région avec une bande de voleurs, et qui était descendu à Londres au printemps dernier... à l'époque, précisément, où les cambriolages avaient cessé dans le Yorkshire !

« Peut-être jugez-vous mon hypothèse par trop audacieuse ? Vous changerez sûrement d'avis en apprenant que le tarin des aulnes, espèce qu'on rencontre fréquemment en Écosse et dans le nord de l'Angleterre, ne descend jamais jusqu'à nos latitudes ! »

Ni le docteur Watson ni moi n'avons répondu. C'est en général ce qui se passe, après les grands discours de M. Sherlock Holmes, parce qu'ils se terminent souvent sur une note de magie à vous donner des frissons. Qui d'autre que lui aurait pu remarquer les traces de pas d'un oiseau fantôme ?

Il s'est tourné vers moi :

« Dès que j'ai eu cette idée lumineuse, je me suis enfui de l'hôpital avant que les infirmières du matin ne s'avisent de m'y retenir de force, et j'ai décidé d'aller vous voir. Mais vous n'étiez pas chez vous, pas plus que le jeune Allan. Alors j'ai pris une initiative dont j'ai un peu honte, mais que je ne regrette pas le moins du monde : j'ai fouillé votre chambre ! J'ignorais ce que j'y trouverais, et même si j'y trouverais quelque chose. Cependant, si, comme je le pensais, le jeune Allan s'était rendu chez Moriarty, j'avais peut-être une chance de découvrir une preuve de leur complicité. Par ailleurs, si Moriarty ne s'était pas suicidé mais avait été assassiné, Allan ne pouvait-il pas être l'assassin ? Il n'avait certainement pas enfilé ses chaussures spécialement équipées pour rendre une simple visite amicale à un bandit de la trempe de Moriarty !

« J'ai donc fouillé votre chambre, mon cher Wiggins, et j'ai découvert ceci : *Le Cardinal de Richelieu*, que Scotland Yard recherche dans toute l'Angleterre !

« Et maintenant, si vous voulez bien, c'est à votre tour de parler. Je suis impatient d'apprendre comment ce tableau s'est retrouvé sous votre matelas. J'aimerais aussi savoir où se cache Allan... et ce qu'il était allé faire chez Moriarty. Il faut que vous me disiez tout ! »

Tout reprendre au commencement, depuis ma rencontre avec Allan jusqu'au moment où il avait récupéré la toile, en passant par notre visite de la National Gallery (et, il le fallait bien, par le vol de la montre !), n'a pas été une mince affaire. Mais le grand détective et le docteur étaient suspendus à mes lèvres et je me sentais soudain quelqu'un de très important.

Et puis je n'étais plus aussi inquiet. M. Sherlock Holmes allait sûrement trouver un moyen de nous sortir de ce guêpier, Allan et moi. À condition, bien sûr, que j'arrive à le convaincre que mon ami n'avait pas volé le tableau !

14

Trop tard !

Quand j'ai eu terminé mon récit, quelqu'un a frappé à la porte : c'était Mme Hudson qui apportait le plateau du thé, avec un cake aux fruits confits de toutes les couleurs. C'est fou ce que les gens riches peuvent manger !

Moi, après toutes ces émotions, j'étais incapable d'avaler quoi que ce soit. J'avais l'impression que mon pâté de pigeon n'était même pas encore arrivé dans mon estomac ! Le docteur Watson, lui, s'est servi copieusement, et M. Sherlock Holmes a pris une tranche de gâteau qu'il s'est contenté d'émietter machinalement, en soutenant sa tête (ou plutôt son œuf de Pâques) d'une main.

« Une chose est sûre, a-t-il dit finalement. Vous aviez vu juste, et Moriarty a bien volé le tableau. D'autre part, il ne s'est certainement pas suicidé pour la seule raison que celui-ci avait disparu de sa cachette dans la cheminée ! Alors, pourquoi ? Pourquoi avoir volé une toile qui vaut une fortune, s'il avait l'intention de se donner la mort ? »

C'était peut-être le moment de me risquer à répéter ce que j'avais essayé de dire pendant le déjeuner. J'ai commencé :

« Pour les traces de pas...

– Lesquelles ? m'a demandé le détective. Celles du tarin, ou celles de Moriarty ?

– Je parle de celles de Moriarty ! Ou plutôt, je parle des traces de pas d'homme. Ce n'étaient évidemment pas celles de Moriarty.

– PAS CELLES DE MORIARTY ? » ont interrogé d'une même voix le docteur et le détective.

J'ai pris à mon tour un ton doctoral pour leur expliquer ce qui sautait aux yeux :

« La neige n'a commencé à tomber que vers minuit. Lorsque Moriarty est rentré du concert, il n'a pas pu laisser de traces de pas puisque le sol était encore sec... »

M. Sherlock Holmes m'a regardé d'un air aussi abasourdi que si j'avais été le fantôme de Henry VIII, puis il s'est donné une grande claque sur le crâne, ce qui lui a fait pousser un hurlement de douleur. Et il s'est mis à répéter indéfiniment :

« Stupide... Stupide... Quel imbécile ! Mon pauvre Sherlock ! Tu n'es qu'un âne bâté ! »

Puis il s'est levé pour faire les cent pas dans le salon, et il a allumé une autre pipe, celle en écume de mer, ce qui fait qu'il s'est bientôt retrouvé avec une pipe dans chaque main. Il les agitait toutes les deux comme des bras de sémaphore.

« C'est ce maudit carreau que j'ai reçu sur la tête, a-t-il grommelé. Et surtout les poudres de perlimpinpin que m'ont données ces infirmières de malheur. Elles m'ont fait perdre la raison ! Dans mon souvenir, tous les événements de cette interminable nuit se sont mélangés. J'étais tellement obnubilé par le tarin des aulnes que j'en ai oublié de réfléchir aux autres traces... Bien sûr, Wiggins, c'est élémentaire ! »

Élémentaire... Un des mots favoris du grand détective. N'empêche que, élémentaire ou pas, il n'avait pas vu ce qui était évident !

Avec un petit sourire, le docteur Watson lui a précisé :

« C'est que vous avez *regardé* les traces, mais que vous ne les avez pas *observées*... »

Ça aussi, c'est une des grandes phrases de M. Sherlock Holmes. Mais d'habitude, c'est lui qui nous fait ce genre de reproche...

« Un point pour vous, Watson, a admis le détective. Et mille points pour notre ami Wiggins qui m'a battu à plate couture ! »

Moi qui croyais que M. Sherlock Holmes était susceptible, j'ai été très étonné qu'il se montre si bon joueur. C'était bien la preuve de son intelligence !

« Naturellement, a-t-il repris en regardant ses deux pipes avec étonnement avant d'en reposer une, cela modifie toutes les données du problème. Ces traces de pas ne pouvant être celles de Moriarty...

– C'étaient celles d'un autre homme, a conclu le docteur Watson.

– Quelle perspicacité, mon cher Watson ! Car, à moins que Moriarty n'ait un frère jumeau, c'est bien lui que j'ai suivi jusqu'à sa maison à la sortie du concert. Nous avons donc deux personnages : Moriarty et un mystérieux visiteur, arrivé chez lui après que la neige est tombée. Sans aucun doute au moment où je me trouvais à Scotland Yard, envoyé là-bas par un message destiné à m'éloigner.

– Ce qui signifie, a de nouveau interrompu le docteur Watson, que Moriarty ne voulait pas que vous voyiez son visiteur ! »

Il y avait une autre possibilité, que j'ai suggérée :

« Peut-être le message a-t-il été envoyé par le visiteur, qui ne voulait pas que vous le voyiez arriver...

– Encore bravo, mon cher Wiggins ! a approuvé M. Sherlock Holmes. Si votre hypothèse est la bonne, il y a fort à parier que Moriarty ne s'est pas suicidé, mais qu'il a été assassiné par ce fameux visiteur ! D'après les informations que m'a données le policeman en faction, Moriarty se serait tiré une balle dans la bouche, ce qui ressemble en effet plutôt à un suicide, d'autant qu'on a retrouvé le pistolet dans sa main. Mais l'arme aurait tout aussi bien pu y être placée par... »

Sans terminer sa phrase, le détective a jeté sa pipe sur le manteau de cheminée en s'écriant :

« Décidément, mon séjour à l'hôpital m'a transformé en véritable ectoplasme... Puisque les traces de pas se dirigent *vers la maison* et qu'*aucune* n'en repart, le visiteur (ou l'assassin) de Moriarty doit se trouver encore là-bas ! Il ne pouvait en effet s'éloigner de la maison sans laisser de traces... traces qui auraient constitué une preuve indubitable que Moriarty ne s'était pas suicidé ! Tout cela est élémentaire à en pleurer ! »

J'étais tellement impressionné par la démonstration de M. Sherlock Holmes, et tellement désolé de ne pas avoir eu cette idée avant lui, que j'en ai renversé ma tasse de thé !

« Laissez, s'est impatienté le détective en me voyant m'évertuer à réparer les dégâts. De toute façon, il n'est plus question de prendre le thé. Il faut aller immédiatement à Hampstead, examiner à nouveau les empreintes et obtenir coûte que coûte du policeman qui garde la grille qu'il nous fasse entrer. Quoique... Peut-être serait-il plus prudent de passer d'abord à Scotland Yard et d'emmener Lestrade avec nous. Allons, nous partons ! »

Moins d'une minute plus tard, nous dévalions tous les trois l'escalier, manquant renverser Mme Hudson qui montait avec des scones[1] tout chauds.

Quand j'ai ouvert la porte, nous nous sommes figés sur le seuil. Le soleil resplendissait et la neige avait fondu !

« À cause de ma stupidité, a soupiré M. Sherlock Holmes, nous arriverons trop tard. L'oiseau, si vous me permettez de parler encore d'oiseau, l'oiseau se sera envolé... »

1. Petits pains qu'on mange chauds à l'heure du thé, recouverts de confiture ou de crème fraîche.

15

M. Sherlock Holmes me remet à ma place

À Scotland Yard, nous avons trouvé l'inspecteur Lestrade en pleine effervescence, tout excité par le suicide de Moriarty. Dès qu'il nous a vus, il s'est mis à parler à toute vitesse en faisant semblant de classer des dossiers pour paraître débordé.

« Cette nouvelle a dû vous réjouir autant que moi ! Bien que cet événement risque de ternir votre gloire, M. Holmes : vous auriez sans doute préféré une arrestation spectaculaire due à votre habileté ! »

L'inspecteur Lestrade a une tête toute maigre avec un museau de fouine. Je ne l'aime pas du tout. Il ne rate pas une occasion d'asticoter M. Sherlock Holmes, alors qu'il ne lui arrive même pas à la cheville.

Lorsque le détective s'est lancé dans son histoire de traces de pas, le policier a cessé son rangement et s'est mis à griffonner en faisant mine d'être très absorbé. Mais je commence à le connaître : malgré ses airs exaspérés, il finit toujours par admettre que le détective a raison.

Nous sommes donc finalement partis pour Hampstead tous les quatre dans un fiacre de la police. Quel honneur pour moi, misérable gamin de Whitechapel !

Quand nous sommes arrivés chez Moriarty, le policeman n'était plus en faction devant la grille.

« On entre là-dedans comme dans un moulin ! a grommelé M. Sherlock Holmes. Ou plutôt, *on peut sortir* de cette maison comme d'un moulin... »

M. Lestrade a essayé de se justifier :

« Il n'y avait aucune raison de mobiliser

un policeman plus longtemps pour un simple suicide !

– *Un simple suicide* ? a répliqué le détective en haussant les épaules. Rien n'est jamais simple, avec Moriarty ! »

L'intérieur de la maison était aussi extraordinaire que l'extérieur. Je n'avais jamais vu des meubles aussi énormes, des tapis aussi épais ni des lustres si clinquants. Je ne sais pas combien il pouvait y avoir de pièces, mais il nous a fallu une bonne heure pour les parcourir l'une après l'autre.

La fouille n'a malheureusement rien donné. On a eu beau ouvrir toutes les armoires, ramper sous tous les lits et regarder derrière tous les rideaux, on n'a trouvé aucune trace du mystérieux visiteur. M. Sherlock Holmes donnait de petits coups de canne sur les planchers, sans doute dans l'espoir de découvrir une trappe débouchant sur un passage secret. Mais rien ! Quant à l'inspecteur Lestrade, il nous regardait faire avec un sourire ironique, en s'agitant vaguement pour montrer son efficacité.

Une fois la maison inspectée de haut en bas, M. Sherlock Holmes a décrété :

« Il ne nous reste plus que la cave et le grenier. Je propose de commencer par la cave ! »

Par un escalier de pierre très éclairé, on est tous descendus dans les fins fonds de la maison. Il fallait vraiment que ce Moriarty ait de l'argent, pour avoir installé l'éclairage au gaz jusque dans la cave !

Celle-ci était immense. J'avançais en me serrant contre le docteur Watson, mourant de peur que le visiteur de Moriarty soit encore là, caché derrière une porte, et qu'il se jette sur nous.

M. Sherlock Holmes, lui, ne semblait pas le moins du monde inquiet. Il commentait la visite aussi tranquillement que si nous nous étions promenés dans un musée.

« Regardez ! Du matériel d'imprimerie ! C'est ici que Moriarty fabriquait les faux papiers qu'il vendait une fortune à la pègre de Londres... Et là, ce mannequin de cire qui lui ressemble comme un frère jumeau ! C'est grâce à ce stratagème qu'il a un jour déjoué ma surveillance, à l'époque où il habitait tout près de chez moi : il avait placé le mannequin derrière sa fenêtre, apparemment plongé dans la lecture du journal, et pendant ce temps, il entrait et sortait comme il voulait par une porte dérobée[1]... »

Pas plus rassuré que moi, le docteur Watson interrompait à chaque instant le détective pour lui demander s'il était bien armé. Mais M. Sherlock Holmes ne prenait même pas la peine de répondre.

Finalement, c'est dans la cave à vins qu'on a trouvé ce qu'on cherchait. Le détective s'est aperçu que, sur un des murs, on pouvait faire coulisser des rayonnages

1. Sherlock Holmes utilisa lui-même ce procédé à deux reprises. Voir *La Maison vide* et *La Pierre de Mazarin*, de sir Arthur Conan Doyle.

qui dissimulaient une porte ! Elle donnait dans un petit réduit contenant un matelas, une lanterne éteinte et une miche de pain entamée. Au fond, une autre porte était entrebâillée et laissait filtrer la lumière du jour.

Nous nous sommes précipités à l'extérieur : la porte ouvrait sur le jardin, du côté opposé à l'entrée principale. En suivant l'allée étroite sur laquelle elle débouchait, nous sommes arrivés devant un des murs de la propriété. Il était recouvert de lierre, dont un grand nombre de branches avaient été arrachées : quelqu'un avait escaladé le mur tout récemment !

« Et voilà, a conclu M. Sherlock Holmes. L'hypothèse de Wiggins se vérifie. La peste soit de cet accident qui m'a fait perdre une journée ! »

J'ai pris un air modeste, mais je buvais du petit-lait ! Aucun compliment n'aurait pu me faire plus plaisir que ces six mots : *L'hypothèse de Wiggins se vérifie...*

Maintenant que nous avions atteint notre objectif, M. Sherlock Holmes semblait très pressé de se débarrasser de l'inspecteur Lestrade. À longues enjambées, il nous a entraînés dehors en expliquant qu'il préférait rentrer à pied.

Au moment de dire adieu à Lestrade qui remontait dans le fiacre, il lui a demandé :

« Comme vous vous en doutez, à cause du stupide policeman qui gardait la maison après le suicide de Moriarty, je n'ai pas pu voir le corps.

– C'est aussi bien pour vous, a répliqué l'inspecteur en pinçant les lèvres (l'expression *stupide policeman* n'avait pas dû lui plaire !). Ce n'était pas très joli à regarder. Il s'est tiré – ou *on* lui a tiré – une balle dans la bouche, et tout son visage a explosé. Sa propre mère ne l'aurait pas reconnu ! Mais nous n'allons pas plaindre ce scélérat... Il faut cependant que justice soit faite. Si, comme vous le pensez, il a été assassiné par l'homme qui a séjourné dans la cave, nous devons retrouver cet individu. Comptez sur moi, je m'en charge ! »

Je me suis bien rendu compte que M. Sherlock Holmes avait du mal à garder son sérieux... Il s'est éloigné en nous faisant signe, au docteur Watson et à moi, de le suivre.

Nous n'avions pas fait dix pas qu'il s'est exclamé :

« *Comptez sur moi, je m'en charge !* Décidément, ce pauvre Lestrade est bête à manger du foin ! Lui qui a vu le cadavre de Moriarty, il n'a pas observé ce qui sautait aux yeux ! Une balle en plein visage, qui défigure la victime... Mais voyons, c'est évident : le mort *n'est pas* Moriarty !

– Comment cela ? » a demandé le docteur Watson.

Ce qui est bien, quand on enquête tous les trois, c'est que le docteur Watson pose toujours les questions à ma place. Ça m'évite de me rendre ridicule !

M. Sherlock Holmes a regardé son ami en hochant la tête.

« Que diable, Watson, réfléchissez un peu ! Imaginez-vous un homme comme Moriarty se suicidant ou se laissant bêtement assassiner ? Je savais bien, moi, que c'était improbable. Seulement voilà : j'étais persuadé qu'on ne pouvait douter de sa mort ! Jamais je n'aurais pensé que le cadavre était méconnaissable !

« Voilà comment j'envisage les choses... Moriarty, se sentant cerné de près, décide de fuir, sans doute à l'étranger. Connaissant ma ténacité, il sait cependant que je le traquerai jusqu'au-delà des mers. Un seul moyen pour m'obliger à renoncer : se faire passer pour mort ! Il convoque donc un de ses complices, quelqu'un sans doute qui l'a déçu et dont il est ravi de se séparer. Un homme, en tout cas, de la même taille que lui et qui, exception faite des traits du visage, lui ressemble.

« À l'heure où cet homme doit arriver, il m'envoie à Scotland Yard par le biais du fameux message. Il tue son visiteur, organise une mise en scène pour qu'on croie à un suicide et s'apprête à quitter la maison en escaladant le mur de derrière.

« Malheureusement, tout à l'exécution de son plan, il n'a pas pensé à s'inquiéter de la neige qui est abondamment tombée avant l'arrivée de sa victime. Lorsqu'il réalise ce que cela implique, il se résigne à se cacher dans la cave pour attendre que la neige fonde.

« Si elle avait tenu quelques heures de plus, ou plutôt si je n'avais pas tant tardé à comprendre, nous l'aurions cueilli dans son repaire ! Maintenant, il a disparu dans la nature, et tout est à recommencer ! »

Le détective avait l'air tellement découragé que je me suis écrié :

« Mais vous n'êtes pas tout seul ! Le docteur et moi, on va vous aider ! À trois, on arrivera bien à remettre la main sur Napoléon ! »

M. Sherlock Holmes a d'abord souri. Puis il a dû s'imaginer que j'avais pitié de lui, que j'avais peur qu'il ne parvienne pas à éclaircir cette affaire. Alors il m'a dit sèchement :

« Il me semble, mon cher Wiggins, que je vous ai confié une autre mission. Soit dit en passant, il est regrettable que vous soyez resté avec nous tout ce temps, relâchant ainsi votre surveillance... Je parle de l'Honorable Robert Petticoat, bien sûr ! »

J'étais tellement estomaqué que je suis resté muet.

Après avoir quitté le détective et le docteur Watson, je me suis félicité de n'avoir rien répliqué. Puisque le détective me traitait comme un moins que rien, je n'étais pas près de lui raconter ce que j'avais découvert sur Robert Petticoat !

16

Je retrouve mon ami

À défaut de partir à la recherche de Moriarty, je pouvais toujours essayer de retrouver Allan. Avec un peu de chance, je le persuaderais de revenir chez Ken. J'avais très envie de lui raconter ce qui m'était arrivé depuis qu'il m'avait quitté.

J'ai donc enquêté de tous côtés pour découvrir où se trouvait le panier à salade abandonné. C'est dans ces moments-là qu'on réalise à quel point Londres est immense... Personne n'a pu me renseigner. À la tombée de la nuit, je n'avais toujours pas la moindre piste.

Alors j'ai eu une idée géniale. Je connaissais quelqu'un qui serait certainement prêt à m'aider : Robert Petticoat ! Pendant ses pérégrinations dans la capitale, il avait peut-être repéré le panier à salade. Et il aimait tellement l'aventure qu'il serait sûrement ravi de m'aider à chercher Allan.

Il m'a quand même fallu un certain courage pour aller sonner chez l'Honorable. On s'était quittés bons amis, l'avant-veille, mais tout de même : on ne faisait pas partie du même monde, tous les deux, et je n'étais pas sûr qu'il serait enchanté de me voir débarquer chez lui, avec mes vêtements de vendeur de journaux... Mais j'étais décidé à tenter ma chance.

Ce n'est pas lui qui m'a ouvert, mais un vieux monsieur perclus de rhumatismes qui marchait un peu courbé en avant. D'après ce que maman m'a raconté sur la façon de vivre des gens de la haute, ce devait être ce qu'on appelle un majordome, car il m'a demandé mon nom en me toisant, avant de disparaître au fond de l'immense hall d'entrée. Ensuite, plus rien. Le silence complet, à part le tic-tac lancinant d'une pendule. Dans ces maisons-là, les tapisseries et les rideaux sont tellement épais qu'on n'entend même pas les bruits de la rue !

Apparemment, Robert Petticoat n'était pas pressé de me voir... En l'attendant, j'ai eu le temps d'admirer le plafond rouge et or, et le gigantesque lustre à gaz en fer forgé, le papier peint qui ressemblait à une forêt vierge et les animaux empaillés posés dans tous les coins. Maman aurait sûrement dit que c'étaient des nids à poussière, mais moi je les trouvais plutôt amusants. Un peu impressionnants aussi...

Juste au moment où je me levais pour partir, persuadé qu'on m'avait oublié, le majordome est réapparu et m'a fait signe de le suivre. On a monté un escalier recouvert d'un tapis rouge, puis on a traversé un salon aussi large (ou presque) qu'un terrain de cricket, avec des bouquets de fleurs séchées et des boîtes en coquillages sur tous les meubles, et on a débouché dans une petite pièce qui sentait bon le pain grillé. Le majordome s'est retourné vers moi, il a fait un vague geste de la main et il est reparti sans bruit.

Je me suis avancé en regardant fixement le tapis pour ne pas me prendre les pieds. Quand j'ai relevé le nez, j'ai vu Robert Petticoat en train de boire son thé, confortablement installé dans un canapé recouvert de velours bleu. Il m'a fait un grand sourire et je lui ai dit bonjour aussi poliment que j'ai pu.

Je me suis alors aperçu qu'il n'était pas seul. Dépassant du dossier d'un fauteuil qui me tournait le dos, des cheveux roux pointaient dans tous les sens. J'ai fait un pas en avant...

Allan était là, en larmes, le visage couvert de bleus !

En me voyant, il a souri et on s'est presque jetés dans les bras l'un de l'autre. Petticoat, lui, s'est levé et m'a agrippé par l'épaule pour me faire asseoir. Puis il m'a offert une tasse de thé, pendant qu'Allan me racontait ses mésaventures.

Aussitôt descendu dans la rue, après m'avoir quitté, il avait regretté de s'être disputé avec moi. Il n'avait pas l'intention de se mettre dans une sale situation en apportant la toile volée à ses copains pick-pockets, et de toute façon il n'était pas sûr d'être encore le bienvenu ! Finalement, il avait décidé de partir à la recherche d'un des nouveaux de la bande, un dénommé Billy qui opérait généralement à proximité de chez *Floris*, le célèbre parfumeur.

Billy avait été très compréhensif. Il avait proposé de tâter le terrain auprès du chef. Si ce dernier n'était pas trop fâché contre Allan, le nouveau viendrait le chercher le lendemain. Ils devaient se retrouver devant l'abbaye de Westminster.

Mais lorsque Allan était arrivé au rendez-vous, il avait trouvé à la place de Billy un des types les plus durs de la bande...

« Il m'a dit qu'le chef était parti et qu'maint'nant c'était lui qui commandait ! Il m'a traîné dans un coin sombre et m'a tabassé en disant qu'j'avais pas intérêt à lui fausser compagnie. Tout juste s'y m'a pas cassé les côtes ! J'sais pas comment j'ai réussi à lui échapper. J'saignais d'partout ! J'ai couru jusque chez toi, mais t'y étais pas... *Le Cardinal* non plus, d'ailleurs. Faudra qu'tu m'dises c'que t'en as fait, Wiggins ! Alors j'ai pensé qu'si t'étais pas chez toi, t'étais p't-être ici, à guetter Robert... enfin tu m'comprends. J'ai tourné autour d'la maison pendant des heures. Je pouvais pas sonner ! J'croyais qu'Robert était un dangereux anarchiste et j'savais pas qu'vous étiez dev'nus copains...

– Heureusement, a enchaîné Robert Petticoat, mon majordome avait remarqué le manège de ton ami, et il est venu m'en avertir. Dès que j'ai vu ses cheveux roux, je l'ai reconnu : c'était le garçon qui se trouvait avec toi à la National Gallery, la veille du vol ! Je suis donc sorti pour lui parler et le rassurer sur ton sort. Comme tu peux l'imaginer, il a détalé dès qu'il m'a vu, et j'ai dû l'arrêter un peu durement. Tu vois ce que je veux dire, Wiggins ? »

Sûr, que je voyais ! Je n'étais pas près d'oublier les moments horribles que j'avais passés dans les docks.

« Enfin, tout s'est arrangé, a conclu Robert Petticoat. Nous voilà amis, pas vrai, Allan ?

– Bien sûr, Robert ! » a rétorqué Allan.

Il n'avait vraiment peur de rien, cet Allan ! Appeler par son prénom un fils de comte qui avait un majordome !

J'ai dû raconter ce que j'avais appris de mon côté : la mort du Napoléon du Crime, qui était en fait Moriarty, mais qui n'était finalement peut-être pas mort.

Il m'a bien fallu toute la durée du repas (car Petticoat nous avait proposé de rester dîner avec lui) pour venir à bout de mon récit.

En sortant de table, on est retournés dans le petit salon et, tout en dégustant le porto que le majordome nous avait servi, on a décidé de jouer un tour à M. Sherlock Holmes. Ça lui apprendrait à m'envoyer sur les roses quand je lui proposais de l'aider à retrouver Napoléon !

Vers deux heures du matin, Petticoat a envoyé son majordome chercher un cab pour nous ramener à Whitechapel. J'avais la tête qui tournait et les jambes molles. J'ai essayé d'entonner une des ballades écossaises de Ken, mais je n'ai pas eu la force d'arriver au bout de la première strophe.

Je n'avais pourtant pas l'impression d'être fatigué. J'étais heureux comme un roi. J'avais passé une journée extraordinaire et je n'avais jamais aussi bien mangé de ma vie. Et, surtout, j'avais retrouvé mon ami.

17

Le *genius loci*

Le lendemain, on a décidé d'attendre le milieu de l'après-midi pour aller sonner à Baker Street. Le temps qu'on discute un moment avec le détective, l'heure du thé arriverait... et le thé préparé par Mme Hudson est peut-être un des meilleurs de tout Londres ! (Il est vrai que je n'ai pas souvent eu l'occasion de comparer avec ceux des autres maisons de riches...)

Allan était persuadé que M. Sherlock Holmes ne serait pas chez lui. Pour une fois plus optimiste que lui, je lui ai demandé :

« Tu paries combien qu'il y sera ? »

On s'est mis d'accord sur une bière. C'est pourquoi Allan a fait une drôle de tête quand Mme Hudson nous a dit :

« Bien sûr que M. Sherlock Holmes est là ! Le pauvre homme ne risque pas d'être parti en expédition, dans l'état où il est !

Qu'est-ce qui lui était encore arrivé ? Déjà qu'il avait un pansement autour du crâne, si en plus il s'était cassé le bras, il allait finir par ressembler aux momies égyptiennes du British Museum !

En fin de compte, il n'avait plus son pansement à la tête. Et ce n'était pas le bras qu'il s'était cassé. Assis à côté du docteur Watson devant le feu, il avait la jambe droite entièrement plâtrée. Et il fumait comme une locomotive, si bien qu'une fois entrés dans la pièce, Allan et moi, on s'est mis à tousser comme deux vieilles chaudières.

Je me demande parfois si M. Sherlock Holmes n'a pas une paire d'yeux dans le dos : il n'a même pas besoin de se retourner pour savoir qui vient lui rendre visite. Brandissant sa pipe en signe de bienvenue, il a dit en continuant à regarder la cheminée :

« Vous ne pouviez mieux tomber, mon cher Wiggins ! J'ai justement besoin de vous, et vous ne serez pas trop de deux, avec votre ami Allan, pour les missions que je veux vous confier. J'ai en effet retrouvé la trace de Moriarty... »

Là, il s'est tu un instant. Il pensait peut-être que j'allais pousser de grands cris d'admiration ! Mais il m'avait bien trop vexé, la veille, en refusant mon aide. Une fois assis dans le fauteuil que m'avait indiqué le docteur Watson, j'ai attendu sans rien dire.

« Sous un faux nom, a repris le détective, Moriarty a pris un billet pour la France. Il embarquera demain matin à Douvres sur le *King Charles*. Vous devinez qu'il n'est pas question de le laisser filer sur le continent : de France, il aurait vite fait de passer dans un autre pays et de nous échapper à tout jamais… Seulement voilà : je n'ai pas l'intention de gaspiller mon énergie à tenter de convaincre cet imbécile de Lestrade que Moriarty est vivant… Et ce n'est pas avec une jambe dans le plâtre que je pourrai m'accrocher aux basques d'un type aussi rusé que ce Napoléon du Crime. »

À ce moment-là, j'ai failli piquer un fou rire. D'abord à cause de l'air très énervé de M. Sherlock Holmes, qui agitait sa pipe comme un joueur de tambour en train d'exécuter une marche militaire. Et puis à cause du docteur Watson : il avait plaqué une main sur sa bouche, et de l'autre, il pointait le plâtre du détective tout en riboulant des yeux. Allan et moi, on s'est regardés. On avait compris le message : il ne fallait surtout pas demander à M. Sherlock Holmes à quelle occasion il s'était mis la jambe dans cet état, sous peine de le voir piquer une crise de nerfs !

« Donc, a continué le détective, j'aimerais que vous vous embarquiez vous aussi sur le *King Charles*. Le docteur Watson a déjà pris votre billet. Vous suivrez Moriarty partout où il ira, et vous me câblerez régulièrement ce que vous découvrirez sur son compte. De mon côté, je vais me mettre en rapport avec François Le Villard[1], un policier français que j'ai aidé à différentes reprises. Dès qu'il aura pris le relais, vous pourrez revenir à Londres. »

J'étais plutôt flatté que le détective ait plus confiance en moi qu'en l'inspecteur Lestrade. Et j'étais surtout très excité à l'idée de traverser la Manche : c'était mon rêve depuis que j'étais tout petit ! Mais j'appréhendais un peu, car je n'étais encore jamais monté sur un bateau. Quelle honte ce serait, si j'avais le mal de mer ! Je passerais la traversée à vomir et, en débarquant

1. Voir *Le Signe des Quatre* de sir Arthur Conan Doyle.

en France, je serais tellement malade que je laisserais échapper Moriarty ! Il fallait absolument qu'Allan vienne avec moi. Si M. Sherlock Holmes n'était pas d'accord pour payer deux billets, j'étais prêt à cacher mon ami dans une malle et, pendant le voyage, à me glisser en douce dans la soute à bagages pour le libérer...

« Quant à vous, Allan, a poursuivi le détective comme s'il avait lu dans mes pensées, vous reprendrez la filature de l'Honorable Robert Petticoat. Le Napoléon du Crime ne doit certes pas nous faire oublier le danger anarchiste ! »

C'était le moment de prendre ma petite revanche... Sans regarder Allan pour ne pas éclater de rire, je me suis mis à balbutier :

« Pour Robert Petticoat... Je n'osais pas vous le dire, sir, mais il a... euh... il y a longtemps qu'il a... qu'il a fui à l'étranger... »

M. Sherlock Holmes m'a jeté un regard en coulisse, puis il a posé sa pipe sur le guéridon à côté de son fauteuil et s'est pris la tête dans les mains. Le docteur Watson, lui, s'est mis à fourrager dans sa moustache comme si quelqu'un y avait caché l'adresse de Petticoat. J'étais tellement mal à l'aise que j'osais à peine respirer. J'apercevais du coin de l'œil les jambes d'Allan qui s'agitaient nerveusement, et je mourais de peur que mon ami se lève en s'écriant :

« C'est pas l'tout, mais on a drôl'ment faim... C't'à quelle heure, le thé ? »

Au bout d'un long moment, en effet, Allan a arrêté de gigoter, il s'est redressé dans son fauteuil et il a ouvert la bouche...

C'est à cet instant précis que la sonnette a retenti. Avec un peu de chance, c'était notre surprise qui arrivait.

On a entendu les trottinements de Mme Hudson dans le couloir, puis des pas dans l'escalier. Mme Hudson a frappé à la porte et le docteur Watson lui a dit d'entrer (M. Sherlock Holmes, lui, était tellement catastrophé par la disparition de son Petticoat qu'il ne semblait pas avoir entendu quoi que ce soit).

Quand la porte s'est ouverte, le détective a tout de même réalisé qu'il se passait quelque chose. Allan et moi, on ne le lâchait pas des yeux. On se réjouissait à l'avance de son air ébahi lorsqu'il verrait entrer l'Honorable Robert !

On en a été pour nos frais. C'est à peine si la bouche du détective a eu un vague frémissement !

Le docteur Watson, qui a nettement moins de sang-froid que son ami, a poussé les hauts cris. Ensuite, je ne sais plus trop ce que chacun a dit, mais toujours est-il que, cinq minutes plus tard, on était tous assis autour d'un plateau de thé à faire pâlir d'envie le patron du *Grand Café Royal*.

Cette fois, il a tout de même fallu révéler la vérité à M. Sherlock Holmes... Si l'Honorable Robert arpentait les rues de Londres et fréquentait des milieux louches, ce n'était pas pour organiser un complot visant à renverser le gouvernement, mais parce qu'il projetait d'écrire un roman !

Sir Robert s'est lancé dans de grandes explications :

« Vous comprenez, M. Holmes, j'ai besoin de m'imprégner de l'atmosphère. Sans cela, mes personnages auraient l'air de marionnettes, et non d'individus de chair et de sang. Les lieux où se déroule une histoire sont aussi importants que l'histoire elle-même. J'irai même jusqu'à dire que les idées naissent de l'atmosphère ! Voilà pourquoi je m'efforce de rencontrer des membres de toutes les couches de la société. C'est aussi la raison pour laquelle je tiens à me rendre dans les endroits qui serviront de cadre à mon roman. Je me suis même procuré un appareil qui tient dans une petite mallette et qui m'a permis de prendre quelques photographies.

– Ce que vous me dites là est tout simplement fantastique ! s'est exclamé le détective. Jamais je n'avais songé à rapprocher l'activité d'un détective de celle d'un écrivain, et pourtant, lors de mes enquêtes, j'éprouve exactement le même sentiment que vous. Mon ami le docteur Watson pourra vous confirmer à quel point, lorsque j'arrive sur le lieu d'un crime, je commence par m'imprégner du *genius loci.* »

Le docteur Watson s'est penché vers moi pour m'expliquer que c'était une expression latine, qui voulait dire quelque chose comme *ambiance*. (Quand je dis que M. Sherlock Holmes est snob...) Puis, très excité, il est intervenu en se trémoussant dans son fauteuil :

« Exactement ! Un crime s'explique par la personnalité du criminel, et celui-ci ne choisit pas au hasard le lieu où il va commettre son forfait... C'est pourquoi, lorsque je raconte les aventures de Sherlock Holmes... »

Je n'ai pas écouté la suite, parce que j'étais bien trop occupé à compter les tranches de cake pour voir combien je pouvais espérer en avaler, et à surveiller Allan qui était à deux doigts de mettre les pieds sur le guéridon... Et puis la littérature, moi, ça ne me passionne pas plus que ça. Je n'avais pas du tout envie de savoir comment le docteur Watson s'y prenait pour écrire les aventures du grand détective.

Une heure plus tard, quand on s'est tous levés pour partir (sauf M. Sherlock Holmes, bien sûr !), le détective a demandé à Watson d'aller réserver un second billet pour la traversée sur le *King Charles*. Puisque Allan n'avait plus besoin de suivre Robert Petticoat, il pouvait aussi bien venir avec moi.

Cette journée mouvementée nous réservait un dernier coup de théâtre. Au moment de partir, sir Robert a lancé négligemment :

« Je me suis laissé dire, M. Holmes, que vous vous intéressiez aux anarchistes, et notamment à un certain prince russe. Il se trouve que j'ai des comptes à régler avec cet homme, qui m'a escroqué une forte somme d'argent. J'en sais assez long sur lui... Puis-je me permettre de vous offrir ma collaboration ? »

Le détective a ri de bon cœur, ce qui prouve qu'il n'est finalement pas aussi orgueilleux qu'il en a l'air, et il s'est empressé d'accepter l'aide de l'Honorable. Puis il a sorti de la poche de sa robe de chambre dix billets de cinq livres, qu'il a partagés entre Allan et moi. C'était la récompense pour le tableau retrouvé, que Watson était allé rapporter à la National Gallery !

Moi, je n'aurais jamais osé... Mais Allan, lui, n'a pas hésité à sauter au cou de M. Sherlock Holmes pour l'embrasser, et le détective est devenu rouge comme un rosbif !

18

La femme au manteau de fourrure

Comme par hasard, le vent s'est levé au moment précis où le *King Charles* quittait le port de Douvres. Du coup, la moitié des passagers de première classe sont restés couchés dans leur cabine.

« Couchés dans leur cabine ? a plaisanté Allan. Tu veux dire la tête dans l'lavabo ! »

La tempête n'allait pas nous faciliter les choses. Soit Moriarty ferait partie des malades et on ne risquait pas de le rencontrer, soit il y aurait tellement peu de monde sur le pont qu'il nous remarquerait forcément, Allan et moi, pour peu qu'il se rappelle nous avoir déjà vus à la National Gallery.

Pour être moins facilement repérables, on avait donc décidé de se séparer et d'enquêter chacun de notre côté. Au bout d'une demi-heure, on devait se retrouver au bar.

Quand Allan m'y a rejoint, il a commencé par m'attraper. Une fois de plus !

« Tu m'laisses faire tout l'boulot ! J'ai bien vu qu't'étais resté là, tout l'temps, à boire des litres de thé !

Je lui ai répondu qu'il n'avait pas à se plaindre, que j'aurais pu aussi bien boire des litres de brandy et, à l'heure qu'il était, être aussi saoul qu'un matelot en permission.

« Manquerait plus que ça ! a rétorqué mon ami. En tout cas, tu veux que j'te dise ? Soit Moriarty est allé s'coucher après avoir donné à manger aux poissons, soit ton grand détective s'est mis l'doigt dans l'œil et il est pas sur c'bateau... »

Je lui ai alors proposé de discuter de ça

autour d'une bonne bière, à ses frais bien sûr puisqu'il avait perdu notre dernier pari.

Allan m'a donc payé une demi-pinte [1] de bière irlandaise, qu'on est allés boire dans un coin sombre pour ne pas se faire remarquer. Et là, je lui ai démontré qu'un bon détective n'avait pas forcément besoin de courir dans tous les sens, et qu'en dégustant mon thé, confortablement assis, j'en avais découvert beaucoup plus que lui qui s'était gelé sur le pont. À voix basse, j'ai ajouté :

« Ne te retourne pas tout de suite... Tu regarderas tout à l'heure les deux femmes qui sont assises juste à gauche de l'entrée, et tu me diras ce que tu en penses. »

Allan n'a pas été pickpocket pour rien ! Quand il arrive dans un lieu public, il ne lui faut pas trois secondes pour faire l'inventaire de tous les individus qui s'y trouvent

1. Une pinte équivaut à un demi-litre.

(et surtout de leurs montres, bijoux et autres colifichets...).

Sans même tourner la tête, il m'a répondu :

« Tu veux parler d'la vieille en fourrure et d'son infirmière qui r'semble à un vieux rat mité ? Qu'est-c'que tu leur trouves d'si particulier ? »

Ce que je leur trouvais ? La vieille qui faisait semblant d'être très malade avait, pour commencer, le cou enveloppé dans une sorte de gros pansement rigide, qui laissait croire qu'elle s'était démis une vertèbre. Et ensuite, elle était maquillée comme une poupée et ne quittait jamais ses gants, pas même pour se gratter l'oreille.

« Et alors ? a demandé Allan qui ne voyait pas du tout où je voulais en venir.

– Alors si tu veux mon avis, le pansement lui maintient la tête bien droite et l'empêche d'agiter le cou comme une tortue... Le fond de teint cache les poils de barbe en train de repousser... Et les gants dissimulent des mains d'homme ! »

De surprise, Allan s'est à moitié étouffé avec sa bière. Pris d'une quinte de toux, il m'a fait signe qu'il fallait s'éloigner très vite si on ne voulait pas que Moriarty nous repère. Car bien sûr, la fourrure, le pansement et les gants appartenaient au Napoléon du Crime ! Il suffisait d'ailleurs de regarder la longueur de ses pieds pour comprendre que cette femme n'était pas une femme...

« On peut dire que t'as l'œil ! a chuchoté Allan après avoir retrouvé son souffle. Tu sais à quoi j'pense ? Une fois à terre, Napoléon va pas être facile à suivre. J'me d'mande s'y vaudrait pas mieux lui tendre un piège avant. T'as r'marqué une chose ? Y passe son temps à r'garder l'sac qu'est posé à côté d'lui. J'pourrais essayer d'lui piquer ! J'suis sûr qu'on y trouverait des pièces à conviction ! »

Le projet d'Allan ne me plaisait pas du tout. Si Moriarty le prenait en flagrant délit, il était capable de le faire arrêter ! Retors comme l'était ce bandit, j'en venais presque à me demander s'il n'avait pas acheté la complicité de tout le personnel de la compagnie maritime...

« Moi, m'faire prendre ? a protesté Allan. Tu m'connais mal ! D'toute façon, tu peux toujours discuter, j'vais tenter ma chance. Mais vaut mieux pas qu'on reste ensemble. Seul, j'passerai plus facilement inaperçu. Toi, tu vas aller m'attendre... euh... complètement à l'avant, derrière le premier canot de sauvetage. C'est interdit aux passagers, mais t'arriveras bien à t'y glisser. Là-bas, on pourra fouiller dans l'sac de Moriarty sans êt' dérangés... »

Je me demande comment Allan, avec ses joues de bébé, ses taches de rousseur et sa petite taille, peut avoir autant d'autorité. Deux minutes plus tard, je grelottais en plein vent, derrière le canot de sauvetage qu'il m'avait indiqué !

19

À deux doigts de plonger

Je ne savais pas comment mon ami s'y prendrait, mais j'étais prêt à parier ma part des cinquante livres qu'il réussirait. Je l'imaginais très bien criant « Au feu ! » pour semer la panique au bar, ou créant un esclandre en lançant une araignée dans le cou de la fausse infirmière aux grandes dents.

En l'attendant, je regardais la mer grise frapper furieusement la proue du bateau. J'avais beau m'être accroupi contre le canot de sauvetage pour me faire tout petit, le vent soufflait tellement fort que je pouvais à peine ouvrir les yeux, et je recevais des paquets d'écume glacée en pleine figure. Si Allan ne se dépêchait pas, j'étais bon pour une pneumonie. Ou, pire, un coup de tangage plus fort que les autres allait me précipiter au fond de l'eau...

L'air était si vif et le vacarme de la houle si assourdissant que, la fatigue aidant, je commençais presque à m'assoupir. C'est sans doute pour ça que je n'ai pas entendu les pas... Quand j'ai réalisé que quelqu'un arrivait derrière moi, j'ai compris en même temps que ce n'était pas du tout la petite silhouette d'Allan, mais la femme en manteau de fourrure, c'est-à-dire le Napoléon du Crime !

Il m'a empoigné sous les bras et soulevé en l'air aussi facilement que si j'avais été un chaton venant de naître. Il m'a secoué un moment devant lui en criant quelque chose, mais le fracas des vagues et du vent était tellement tonitruant que je n'ai pas compris une seule de ses paroles.

De toute façon, il n'y avait qu'à regarder ses yeux pour comprendre ses intentions ! Son fond de teint, asséché par le vent et peut-être aussi par la rage, était tout craquelé. Son chapeau avait été arraché par une bourrasque, et je voyais parfaitement, maintenant, les racines bien trop régulières de sa perruque.

J'ai sûrement essayé de hurler, mais je ne suis pas certain d'y être arrivé. D'ailleurs personne ne risquait de m'entendre dans le vacarme de la tempête.

Moriarty-Napoléon, qui n'était quand même pas de première jeunesse, a fini par se fatiguer et m'a laissé tomber par terre. Mais il me tenait toujours aussi solidement dans ses grandes mains et, en me traînant, il s'est approché pas à pas du bastingage. Je savais exactement ce qui m'attendait. J'allais mourir noyé comme mon père, et personne n'en saurait rien, car si Moriarty était venu me cueillir derrière le canot de sauvetage, ça voulait dire qu'il avait fait parler Allan. À l'heure qu'il était, mon meilleur ami devait déjà m'attendre au fond de l'eau...

Quand Moriarty a commencé à me hisser par-dessus le garde-fou, je me suis fait la drôle de réflexion que ça m'aurait presque été égal de mourir si au moins l'eau avait été tiède. En un éclair, je me suis rappelé les matins d'hiver où il fallait casser la glace dans la cuvette pour se débarbouiller, j'ai revu les mains violettes de maman lorsqu'elle revenait du Billingsgate Market après avoir vidé des centaines de poissons, j'ai pensé à papa, mort dans le naufrage de son bateau en plein océan Atlantique, et à moi qui avais déjà failli me noyer dans la Tamise. À croire qu'une malédiction nous avait tous condamnés, dans la famille, à l'eau glacée...

Tout à coup, un cri a couvert les hurlements du vent. Alors Moriarty s'est retourné vers les deux silhouettes qui se ruaient vers nous, puis il m'a regardé à nouveau. Est-ce qu'il se disait que les tribunaux le jugeraient moins sévèrement s'il renonçait à me tuer ? Ou est-ce que, perdu pour perdu, il comptait bien s'offrir le dernier crime de sa carrière en me précipitant au milieu des vagues ?

Bien sûr, s'il avait choisi la seconde solution, je ne serais plus là pour raconter cette aventure...

« Et je ne me le serais jamais pardonné... » a déclaré un peu plus tard le matelot qui, prévenu par Allan que j'étais en mauvaise posture, m'a sauvé la vie.

Tous les deux avaient réussi à maîtriser Moriarty et à le remettre entre les mains du capitaine, qui l'avait conduit dans sa cabine où on l'avait solidement attaché. Puis ils m'avaient emmené au bar, où on s'est tous réchauffés tant bien que mal.

Après avoir bu un verre de cognac, je me suis senti un peu mieux. J'avais hâte, maintenant, de savoir ce qui s'était passé. J'ai balbutié, en me tournant vers Allan :

« Alors, raconte ! Tu n'as pas réussi à lui voler son sac ? Il t'a poursuivi ? »

Mon ami a ouvert la bouche, l'a refermée, puis il a regardé le matelot qui était assis près de moi.

C'était un grand type avec une chevelure blonde toute bouclée et une petite barbiche roussâtre. Le pauvre devait avoir un abcès dentaire, car l'une de ses joues était plus grosse que l'autre.

Il a regardé Allan, il a souri, puis il a attrapé sa barbiche et l'a arrachée... Il a ouvert la bouche et en a retiré le morceau d'étoupe qui lui gonflait la joue... Il a tiré sur ses cheveux et a envoyé valser sa perruque à l'autre bout de la pièce... Et j'ai eu devant moi M. Sherlock Holmes en personne !

Il a alors déclaré :

« Je vais tout vous expliquer, mon cher Wiggins. Mais d'abord, il faut que vous acceptiez mes excuses. J'ai failli arriver trop tard, tout à l'heure, et si Moriarty vous avait jeté à l'eau, je ne me le serais jamais pardonné.

– Moi non plus », a renchéri Allan, blanc comme un navet.

Pour leur prouver que les émotions ne m'avaient pas fait perdre le sens de l'humour, j'ai ajouté :

« Et moi donc ! »

Ça ne les a amusés ni l'un ni l'autre. Moi, je me suis mis à jouer des castagnettes avec mes dents, et j'ai senti un liquide tiède couler le long de mes joues. Des larmes, sans doute.

20

Le piège

J'étais un peu honteux de ne pas avoir reconnu M. Sherlock Holmes, alors que j'avais tout de suite compris que la femme en manteau de fourrure était Moriarty. Pourtant, j'avais souvent vu le détective adopter les déguisements les plus extravagants pour mener ses enquêtes. Mais j'avais une excuse : je le croyais chez lui à Baker Street, confortablement installé au coin du feu !

Bien entendu, j'ai vite réalisé que ses deux jambes étaient en parfait état de marche ! Il ne nous avait joué la comédie du grand blessé que pour pouvoir s'embarquer lui aussi sur le *King Charles* sans que je sois tenté de lui lancer des regards complices, ce que Moriarty aurait évidemment remarqué.

Ce dont je ne me doutais pas, c'était qu'Allan et lui étaient de mèche !

La veille au soir, pendant que je rêvais de ma première traversée de la Manche, le détective était venu à Whitechapel pour monter un plan avec Allan. Mon ami devait m'envoyer dans un endroit isolé du bateau. Après quoi il s'arrangerait pour faire remettre à Moriarty le message suivant :

Je sé qui vous ète monsieur M. Je vous ai vu au musé. Donné moi 5 livre et je diré rien. Je suis derière le premier canot de sauvetage a l'avan. À bientot.

Bien entendu, Moriarty s'empresserait de se faufiler à la proue du bateau. M. Sherlock Holmes se doutait bien qu'il ne prendrait pas le risque de laisser débarquer à Calais quelqu'un qui l'avait repéré ! Il tenterait de me tuer, mais Allan et le détective l'en empêcheraient et, comme ils l'auraient pris sur le fait, on pourrait au moins l'accuser de tentative d'assassinat.

« Cela ne nous permettra pas, hélas, de l'accuser du vol du *Cardinal de Richelieu,* a soupiré M. Sherlock Holmes après avoir terminé son récit. Pour cela, il aurait fallu qu'on trouve la toile sur lui...

– Mais..., l'a interrompu Allan.

– Bien sûr ! a admis le grand détective avec un sourire. Sans l'affaire du tableau, vous ne vous seriez pas intéressés, tous les deux, à Moriarty. Et sans la lumineuse hypothèse de mon ami Wiggins sur les traces de pas, peut-être n'aurais-je pas compris si vite que Moriarty était toujours vivant ! »

Jamais de ma vie je n'avais été aussi fier. Le grand détective était en train de m'expliquer que le Napoléon du Crime avait été arrêté grâce à moi !

Malheureusement, sans vouloir faire de jeu de mots, il y a toujours une ombre au tableau... M. Sherlock Holmes a ajouté avec une moue désabusée :

« Je ne me fais d'ailleurs aucune illusion. Je connais mon Moriarty depuis assez longtemps pour être sûr d'une chose : il ne restera pas longtemps enfermé. J'ai bien peur qu'un jour, dans un mois ou dans un an, on ne le retrouve dans sa cellule, suicidé et *méconnaissable*...

– Vous croyez ? » a demandé Allan d'un air sceptique.

M. Sherlock Holmes a ri.

« Combien seriez-vous prêt à parier, mon jeune ami ? »

Allan n'a rien répondu. Il en avait sans doute assez de perdre ses paris.

21

Au *Grand Café Royal*

À l'arrivée à Calais, on n'a eu que le temps de débarquer du *King Charles* pour embarquer sur le *Queen Mary* qui s'apprêtait à traverser la Manche en sens inverse. J'étais un peu déçu de ne pas pouvoir m'offrir un séjour sur le continent, mais la perspective de l'accueil triomphal qui nous attendait à Scotland Yard m'a vite consolé.

De retour à Londres, M. Sherlock Holmes a proposé qu'on fête l'arrestation de Moriarty en sortant tous les cinq : lui, le docteur Watson, Allan, l'Honorable Robert Petticoat et moi.

« À vous l'honneur, mon cher Wiggins ! a-t-il déclaré. Où aimeriez-vous aller ? »

Depuis les événements du *King Charles*, il ne savait plus comment se faire pardonner les risques que j'avais courus par sa faute !

Où je voulais aller ? J'ai repensé aux vêtements de Charles Brazenduke que je devais rendre à maman et que j'avais très envie de porter une dernière fois. J'ai répondu sans hésiter :

« Au concert ! Mais à un concert chic ! »

Allan a sifflé d'étonnement et le détective a décrété qu'on irait entendre le célèbre violoniste Sarasate, après quoi il nous offrirait un dîner à la française au *Grand Café Royal*.

Pendant le concert, j'ai failli m'endormir à plusieurs reprises, à cause de la chaleur et des vapeurs de parfum qui me faisaient tourner la tête. Tout compte fait, j'aime mieux l'orgue de Barbarie de Ken que le violon (sauf, bien sûr, quand c'est M. Sherlock

Holmes qui joue). Mais au moins je pourrai raconter à maman à quoi ressemble un concert ! Et le dîner a été inoubliable.

Il paraît que le *Café Royal* est le rendez-vous des excentriques. Le docteur Watson nous a montré un marquis qui a l'habitude d'apporter du pâté de poisson dans sa poche, et qui commande juste un morceau de pain pour pouvoir l'étaler... On a vu aussi Oscar Wilde, cet écrivain maniéré qui se balade avec des poignets de dentelle et un lis vert à la boutonnière. Il veut peut-être faire concurrence à l'orchidée de l'Honorable Robert ! Avec tous ces farfelus et les histoires criminelles du grand détective, la soirée promettait d'être animée !

Une fois de plus, M. Sherlock Holmes nous avait réservé un petit coup de théâtre.

« Je suis passé voir ce brave Lestrade dans l'après-midi, a-t-il déclaré au moment où on apportait les huîtres. Fier comme un paon, il m'a annoncé qu'il avait réussi à découvrir l'identité de l'homme qui est mort dans la maison de Moriarty. Il se serait agi d'un malfaiteur qu'il cherchait depuis longtemps à prendre la main dans le sac. Chaque fois qu'il organisait une descente de police, le panier à salade dans lequel l'homme avait installé son quartier général était vide. Ce pauvre Lestrade joue décidément de malchance...

– *Le panier à salade* ! s'est écrié Allan. Mais alors c'était l'chef d'la bande ! C'est vrai qu'y r'semblait un peu à Moriarty. Une fois la tête éclatée, on pouvait les confondre... C'était pas un ange, mais tout de même, mourir comme ça... »

Un peu pâle, Allan a posé sa fourchette et il a regardé dans le vague sans rien dire. Je voyais bien que cette nouvelle l'avait secoué.

Espérant sans doute détendre l'atmosphère, l'Honorable Robert a décrété en se tournant vers M. Sherlock Holmes :

« On pourrait écrire un roman palpitant avec l'extraordinaire aventure du tableau volé. J'aimerais beaucoup la raconter. Qu'en pensez-vous ? »

Cette suggestion a jeté comme un froid... Le docteur Watson s'est mis à regarder dans le blanc des yeux (si on peut dire !) l'huître qu'il s'apprêtait à gober, il l'a levée en l'air, l'a projetée dans sa bouche et l'a avalée d'un seul coup. Puis il a déclaré d'un ton péremptoire :

« Jusqu'à présent, c'est toujours moi qui ai raconté les aventures de mon ami. Sherlock Holmes y tient beaucoup, car il a toute confiance en mon objectivité et il sait que je ne déformerai pas la vérité. »

L'Honorable Robert en est resté un peu pantois.

Il a fini par bafouiller :

« Je ne savais pas... Je suis désolé... Cependant, en se plaçant d'un autre point de vue...

– D'un autre point de vue ? a demandé M. Sherlock Holmes un peu fraîchement en avalant une gorgée de champagne.

– Oui ! On pourrait raconter cette histoire en prenant Wiggins comme personnage principal. Ainsi vous n'auriez pas à vous formaliser s'il y avait de petites entorses à la vérité. »

J'ai eu l'impression que le grand détective était un peu plus pâle qu'en arrivant au restaurant. Le docteur Watson, lui, était en train de devenir carrément violet. Quant à Allan, qui semblait maintenant remis de son émotion, rien ne l'intéressait plus excepté ce qui était dans son assiette et dans son verre.

La discussion a duré des aspics d'ortolan jusqu'à la noisette d'agneau, et quand on a apporté les fraises, personne n'avait encore décidé qui raconterait l'aventure du *Cardinal de Richelieu*.

Moi, je n'ai pas dit un mot. Ça m'amusait trop de les entendre ergoter pendant des heures. De toute façon, j'avais mon idée : puisqu'ils n'arrivaient pas à se mettre d'accord, ce serait moi qui m'en chargerais. Et tant pis si j'écrivais moins bien que le docteur Watson !

Du même auteur

Aux éditions Syros :

Wiggins apprenti détective. Trois enquêtes du jeune assistant de Sherlock Holmes, hors-série, 2006.

Wiggins et les plans de l'ingénieur, coll. « Souris noire », 2006.

Chez d'autres éditeurs :

Un rival pour Sherlock Holmes, Hachette Jeunesse, coll. « Vertige/Policier », 1996.

Le Mystère des doubles fonds, Hachette/Livre de poche Jeunesse, 1997 et 2004.

Série : *Les Énigmes de Futékati* (10 vol.), Hachette/Bibliothèque Mini-Rose, 1998 et suiv.

Y a-t-il un assassin dans l'immeuble ?, Hachette/Livre de poche Jeunesse, 2000.

Le Garçon d'en face, J'ai Lu, coll. « Journal Secret », 2002.

Fièvre à l'hôpital, J'ai Lu, coll. « Journal Secret », 2003.

Les Cauchemars de Cassandre, Nathan, coll. « Histoires noires de la mythologie », 2003.

Le Secret de la cathédrale, Hachette/Livre de poche Jeunesse, 2006.

L'auteur

Béatrice Nicodème avait douze ans lorsqu'elle est « tombée » dans le roman policier en découvrant *Le Chien des Baskerville*, une des aventures de Sherlock Holmes écrites par sir Arthur Conan Doyle. L'enthousiasme a été immédiat. Il n'est donc pas très étonnant que, lorsque beaucoup plus tard elle s'est lancée dans l'écriture, elle ait eu envie d'imaginer les aventures de Wiggins, un jeune gamin des rues qui aide parfois le célèbre détective dans ses enquêtes.

Pour la jeunesse, elle écrit aussi des romans policiers qui se passent de nos jours. Et ses *Énigmes de Futékati* proposent de courtes histoires mettant à l'épreuve les qualités d'observation des lecteurs débutants.

Elle écrit également, pour les adultes, des romans policiers contemporains ou historiques, toujours noirs et pleins de suspense.

Elle est née en 1951 et vit dans la région parisienne. L'écriture occupe la plus grande partie de ses journées : elle a ainsi l'impression de vivre plusieurs vies et de voyager dans l'espace et dans le temps.

Derniers titres parus dans la collection

Souris noire

Faux, faux, archifaux
Claudine Aubrun

Le Scénario de la mort
Philippe Carrese

Le Marabout de Barbès
Serguei Dounovetz

La Cage aux lionnes
Caryl Férey

Fabulous Circus
Yves Hughes

Le Pyromane
Maryse Lamigeon

La Princesse et le Viking
Jérôme Leroy

À côté de la plaque
Michel Leydier

Un père prodigue
Laurent Martin

Wiggins et les plans de l'ingénieur
Béatrice Nicodème

L'Affaire Jules Bathias
Patrick Pécherot

La Mémoire kidnappée
Thierry Robberecht

Conforme à la loi n° 49.956 du 16 juillet 1949
sur les publications destinées à la jeunesse

Mise en pages : DV Arts Graphiques à Chartres
N° d'éditeur : 10146520 – Dépôt légal : octobre 2007
Imprimé en France par Hérissey - N° 106229